Alguien se acerca

Benjamín Prado

Alguien se acerca

ALFAGUARA

Papel certificado por el Forest Stewardship Council®

MIXTO
Papel | Apoyando la
silvicultura responsable
FSC® C117695

Penguin
Random House
Grupo Editorial

Primera edición con esta encuadernación: junio de 2024
Primera reimpresión: septiembre de 2025

© 1998, Benjamín Prado
© 1998, 2024, Penguin Random House Grupo Editorial, S. A. U.
Travessera de Gràcia, 47-49. 08021 Barcelona

© Diseño: Penguin Random House Grupo Editorial, inspirado en un diseño original de Enric Satué

Printed in Spain – Impreso en España

ISBN: 978-84-10299-45-0
Depósito legal: B-11369-2024

Impreso en Liber Digital, S. L., Casarrubuelos (Madrid)

AL99450

Para Teresa Rosenvinge

1

En la parte de atrás se veía una piscina y un campo de tenis, y por alguna razón pensó que la lluvia sonaba justo a eso: a pista en desuso, a agua abandonada. A la izquierda descubrió un depósito de gas-oil y un poco más allá un garaje, con un hombre inclinado sobre el motor de un coche.

La mujer del vestido blanco volvió a observarlo igual que antes, con aquellos ojos color miel, profundos y fríos, pero algo de lo que vio en su aspecto no debió de parecerle suficiente, porque luego fue dejando que la mirada perdiese intensidad, que se quedara poco a poco sin aquello que por un momento había estado allí, igual que alguien que vacía una botella de whisky en el fregadero.

«Detrás de su hermosa cara se escondía una niña malcriada —se dijo él—, como un farsante acurrucado tras la estatua de un dios». Era algo que había leído en una novela barata, no recordaba en cuál. Después se puso a pensar en la manera en que habían sucedido las cosas, en todo lo que tuvo que pasarle para que el hombre en quien se acababa de convertir estuviera en aquel sitio llamado Santa Lucía: el viernes salió de su casa alrededor de las diez; se acordaba de que había dejado la mesa puesta, el televisor en marcha, la luz de la cocina encendida... Anduvo hasta la estación de autobuses y entró en la tienda 24 Horas. Solía ir allí a comprar tabletas de chocolate, cajas de cereales, alguna revista, cosas de ese tipo, pequeños placeres para la tarde del sábado. Aquella noche salió con una película de los Hermanos Marx, un paquete de Camel, una barra de helado, los periódicos de la mañana...

Había grupos de viajeros en los andenes, gente con aspecto de sentirse perdida en algún lugar que ya no perteneciera al sitio de donde venían, pero que aún no fuese una parte del sitio al que habían llegado. Se fijó en una mujer con unos guantes rojos; en un chico con una camiseta en la que ponía: «Algunos sueños son nuevos».

Caminaba sin prisa entre los autocares aparcados; vio uno con destino a La Coruña; otro que tenía un Pegaso de aluminio sobre el radiador; un poco más allá, un empleado limpiaba la carrocería azul de un Barreiros de dos pisos; y a su lado estaba el autobús que iba a San Sebastián, a punto de salir, con el motor en marcha, las luces encendidas, los pasajeros que miraban desde detrás de las ventanas el reloj blanco de la estación, a los hombres con grandes maletas, las cafeterías iluminadas; que escuchaban el ruido de los altavoces como si ya lo oyesen desde lejos, amortiguado por el grosor de los cristales; que observaban con ojos dóciles aquel sitio extraño en el que ya no parecían estar del todo, como si en lugar de verlo sólo lo estuviesen recordando.

Fuera, había empezado a llover. Le gustaba el ruido de los coches sobre la carretera mojada. También le gustaba imaginar cómo serían ahora algunos sitios de la ciudad: el zoo, por ejemplo, la tormenta cayendo encima de los leones; o las pistas de atletismo junto a la Universidad; o su propia casa, el ruido de la lluvia dentro de su casa vacía.

Se dedicó un rato a mirar la calle desde los soportales de la estación: las nubes de un extraño color cobalto, el cielo que daba la sensación de hundirse poco a poco dentro de sí mismo, las azoteas que parecían formar parte de la luna, los árboles moviéndose lentamente en mitad del aguacero. Después empezó a andar hacia su casa. No le importaba mojarse; de hecho, creía haber leído algo acerca de la relación entre unos pulmones sanos y pasear bajo la lluvia. Iba pensando en eso mientras se desviaba del camino a su apartamento, cruzaba calles desconocidas, se detenía frente a los escaparates con la parsimonia de un hombre a quien nadie está esperando. Luego, entró en un bar —un sitio llamado Plaza Roja—, le sirvieron una Pepsi, encendió un Camel, se puso a leer el periódico sintiéndose diferente y ligero, como si aquella pequeña excursión imprevista le hubiese librado de una gran parte del peso de tener que ser él mismo.

Había diez o doce personas en la barra, una mujer que jugaba en una máquina tragaperras, algunos hombres que seguían un partido de baloncesto por la televisión. Él hojeaba el periódico, iba de las críticas de cine a las páginas de deportes, de los ecos de sociedad a la Bolsa, y las palabras de lo que estaba leyendo se mezclaban en su cabeza con el sonido de las monedas, con la voz del locutor que anunciaba una canasta o con los golpes de las botellas contra el mostrador.

De pronto, recordó su casa, pudo ver la luz de la cocina encendida, los cubiertos brillando encima de la mesa, la televisión en marcha tal vez con aquel mismo partido de baloncesto, con los jugadores moviéndose de un lado a otro en su cuarto vacío. Y también se acordó de la barra de helado: imaginó los sabores deshechos, el chocolate líquido, la fresa mezclada con la nata que tal vez le hizo pensar en el rastro de un animal herido sobre la nieve.

Acabó de leer el periódico, pagó su refresco y mientras salía del bar se cruzó con un grupo de chicos. Le empujaron, pudo ver un chándal Adidas negro, tejanos, gafas oscuras, zapatillas verdes de lona, auriculares. Pensó que andaban justo como lo hace la gente que busca problemas: igual que gatos acorralados, como boxeadores buscando un golpe; de manera que se alegraba de haberse ido en ese instante. Se preguntó si podría decirse de él que fuera un hombre miedoso, pero la respuesta fue no; tan sólo procuraba estar siempre alerta, pensaba que prever los posibles peligros era una forma de mantenerlos a distancia; en realidad, su teoría era muy sencilla: si ves que algo viene hacia ti, apártate.

Ahora andaba mucho más deprisa, iba acelerando el paso mientras pensaba en las luces encendidas de su apartamento, en aquel gasto inútil de energía. Dejó atrás otra vez la estación de autobuses, fue atravesando plazas en sombra, aceras sin peatones, barrios nocturnos resumidos por la oscuridad en un par de ventanas iluminadas, el humo de las chimeneas, algunos árboles descubiertos de pronto por los faros de un coche.

Poco después estaba sentado en su cuarto viendo el vídeo de los Hermanos Marx. A su alrededor estaban las cosas que había comprado desde que alquiló aquel piso: la nevera Balay, un par de sillones azules, el equipo de música Onkio. Le gustaba recordar las marcas de sus cosas, la forma en que cada vez había ido acumulando información sobre ellas antes de decidirse: cuáles eran los mejores altavoces, qué clase de frigorífico convenía al tipo de comida que acostumbraba a tomar... De alguna forma, aquellos electrodomésticos, los muebles, los libros que había en su casa eran para él algo similar a las piezas de una fortificación, herramientas con que construir su vida real, objetos detrás de los que podía esconderse. Que la aspiradora fuese Nilfisk; que un bolígrafo fuera Parker o las galletas Fontaneda o la mostaza Percival Duffin's tenía una importancia extraordinaria, tal vez porque cualquier cosa parece mucho más grande cuando está delante de un hombre solo: el ruido de un bote de Nescafé al abrirse, el olor de la tinta Pelikan azul, el tacto de una fruta, su peso, la manera en que toma lentamente el calor de la mano.

Poco a poco fue quedándose dormido delante del televisor. Estaba en un sótano, tumbado en una camilla; junto a él había un hombre que pintaba una diana en un muro. A lo lejos se escuchaba ladrar a los perros. Podía verlo todo tan claro como si de verdad estuviese allí; tan real que lo que no parecía cierto es que estuviera soñando.

—Pero... ¿es eso posible? —preguntó alguien.

—Naturalmente —respondió Groucho, a este lado del hombre dormido—, por eso estoy ahora cenando con usted... porque usted... me recuerda a usted... sus ojos, su cuello, sus labios... todo cuanto hay en usted me recuerda a usted... excepto usted. ¡Creo que está bien claro! ¡Que me ahorquen si lo entiendo!

2

Ni siquiera le importaba mucho saber a qué había ido allí. Eso es justo lo que pensó aquella mañana, mientras escuchaba la lluvia sobre la pista de tenis vacía; mientras de algún modo se daba cuenta de que cada uno de sus movimientos, cada una de sus decisiones, cada uno de los pasos que había dado desde que el viernes salió de su casa hacia la tienda 24 Horas le llevaba a ese hotel en Santa Lucía, a la piscina abandonada, a la mujer que tenía un vestido blanco y te miraba igual que si tú pudieras llevar una cuerda y ella estuviese en un agujero.

Le gustaba hablar de aquella forma para sus adentros, ser inteligente y rápido como los detectives de las novelas, encontrar una y otra vez las palabras que lo explicaban todo, las palabras que ponían cada cosa en su sitio.

—Palabras implacables, frías —se dijo—, como un teléfono sonando en un cementerio.

Porque fuera no funcionaba así. Fuera, todo se movía demasiado deprisa, le daba la sensación de tener que estar subiendo continuamente a un tren en marcha; de que a menudo, por mucho que corriese, cuando él llegaba ya se habían llevado a otra parte el lugar al que iba. Le pasaba en las fiestas, en las reuniones con amigos, en las comidas de la empresa; se sentía de pronto al margen, descolgado, alguien a por quien los demás tenían que estar saliendo continuamente para meterlo otra vez en la conversación. Pero aquello iba a acabarse, ésa era una de las cosas con las que el hombre en que se había convertido pensaba terminar para siempre.

Volvió a observar a la mujer: estaba al otro lado de la barra, ordenando unos vasos. A su alrededor había tazas limpias, bocadillos metidos dentro de una campana de cristal, botellas de ginebra, de coñac, de tequila. Fue leyendo los nombres: Larios, Gran Garvey, Jack Daniel's, Bombay, José Cuervo, Dyc. También vio la foto de un boxeador, un cartel que decía: «Se necesita empleado», un reloj que marcaba las once.

La mujer le miró de nuevo. Ahora, bajo la luz de los tubos eléctricos, sus ojos ya no le parecieron castaño, sino verdes; pero aún le hacían pensar lo mismo: en un imán, en una red. Imaginó que podría vivir en aquel sitio con ella, asesinar al marido y quedarse con el negocio, lo mismo que en *El cartero siempre lla-*

ma dos veces. Después se preguntó si en realidad existía aquel marido, si tal vez era el hombre que trabajaba en el motor de un coche, al lado del depósito de gas-oil: un antiguo boxeador que había comprado un hotel junto a la carretera, que encontró a una chica parecida a Lana Turner, que tenía colgada la foto de cuando aún estaba en activo al otro lado del mostrador.

Se sentía como alguien que rueda por una pendiente. Pensaba en los pequeños detalles de aquella noche en que empezó todo, desde que salió de su apartamento hacia la estación de autobuses: una calle elegida al azar, el chico con un chándal Adidas, la barra de helado derritiéndose, el bar que se llamaba Plaza Roja. Aunque eso le sirvió para saber lo que había perdido, no lo que estaba buscando. Y ésa era la parte de la historia en la que no pensaba pararse; era el sitio al que cuando quisiese podría regresar, el punto inmóvil donde todo seguiría igual cuando volviera; donde, en cierto modo, incluso él se había quedado esperándose a sí mismo. Pero ésa no era la cuestión, porque ahora no le importaba desde dónde había caído, sino dónde iba a ir a parar.

Sin embargo, todas esas ideas, todas esas palabras no parecían llevarle a ninguna parte, y el hombre que realmente era no daba la sensación de ser alguien a quien pudiese engañar con tanta facilidad. Al contrario, sus pensamientos y lo que intentaba decirse parecían pertenecer a dos personas diferentes, y una de ellas luchaba por correr hacia delante y la otra no podía dejar de mirar atrás, no olvidaba todo aquello que en realidad *no* le había pasado, pero que de todas formas cambió su vida de sitio, lo destruyó todo como un huracán.

Volvió a recordarlo: aquella noche se había quedado dormido frente al televisor, viendo la película de los Hermanos Marx. De repente, mientras aún estaba en aquel sótano de su sueño, con el hombre que pintaba dianas en un muro, empezó a oír a alguien que hablaba cerca de él; luego, poco a poco, fue reconociendo algunas palabras sueltas: *nubosidad, pozo, estrategia, intemperie, policía, aeropuerto.* Abrió los ojos: en la pantalla había una mujer; llevaba una chaqueta rosa y por alguna razón tenía un teléfono en la mano.

Miró el reloj: era muy pronto, las seis de la mañana. Pero, a pesar de eso, necesitó poco tiempo para ponerse en marcha: cinco minutos después ya había tomado una taza de Nesquik y estaba bajo la ducha, sintiendo que el agua deshacía lentamente los restos del sueño sobre su piel; y un cuarto de hora más tarde andaba hacia la estación de autobuses. Era una mañana de sábado igual a todas las demás: calles casi desiertas, casas apagadas, plazas donde te cruzas con conductores pálidos, aprendices vestidos con batas azules, chicas que aún son una parte de la noche del viernes. Continuaba lloviendo, pero ahora era una lluvia extraña, parecida a la ciudad vacía, una lluvia dentro de la que no pasaba nada, que no parecía estar cayendo encima de ninguna parte.

Compró el periódico en la tienda 24 Horas y se sentó a tomar un café. Le gustaba ir allí muy temprano, cuando todo estaba recién puesto, el pan caliente, las baldosas limpias, los uniformes blancos. Luego, ya era distinto: luego encontraba un mundo hecho de vasos rotos y camareros sucios y suelos llenos de cáscaras que crujían bajo los pies, que hacían pensar en alguien andando por un túnel sobre pájaros muertos.

Entonces lo encontró. Estaba en la mitad de una página. En la foto se veía a varios hombres con plásticos de aluminio en la mano, focos eléctricos, vallas, un escaparate roto, una ambulancia. El titular era: «Los asesinos dispararon contra los clientes a sangre fría». Volvió a mirar la foto; sobre el escaparate partido, hecho con aquellas grandes letras luminosas de color escarlata que él recordaba muy bien, vio el nombre del bar: Plaza Roja.

Al principio sólo sintió asombro; no se daba cuenta de que aquella noticia también trataba de él mismo, no era capaz de verse como una parte de la historia que estaba leyendo, como una pieza del engranaje que aquel viernes se había puesto en marcha; pero después, al acabar, empezó a sentirse mareado, a sentir un miedo sólido, físico, un miedo como de llaves que giran, de pasos que se acercan. Volvió a leerlo, una y otra vez, mientras las palabras parecían atravesarle, caer en su interior igual que jarrones rompiéndose contra el suelo: sobre las once, la noche pasada, cuatro jóvenes habían entrado en el local y habían disparado sobre los clientes, matando a varios hombres que miraban un partido de baloncesto y a una mujer que jugaba en la máquina tragaperras. Los testigos coincidían en identificar a los criminales como individuos de entre veinticinco y treinta años, vestidos con ropa vaquera y zapatillas de deporte. El propietario, que salvó la vida encerrándose en la cámara frigorífica, contaba que una vez dentro del bar Plaza Roja, los asesinos habían pedido cuatro botellas de cerveza y que después, sin mediar palabra, sacaron sus armas —Smith & Wesson automáticas, había dicho la policía— y empezaron a disparar.

Lo primero en lo que pensó fue en el bloque de helado, en las luces encendidas de su apartamento; en la forma en que aquellas pequeñas cosas, en que esos detalles absurdos —la barra de Camy deshaciéndose, el televisor que gastaba una energía innecesaria— eran las dos razones por las que aún estaba vivo. Luego, mientras la taza de café se iba quedando fría al lado de su mano, el-hombre-que-no-había-muerto miraba una vez tras otra lo que vio aquella noche: el gesto con que uno de ellos le empujó al entrar, los auriculares, las gafas de sol, el chico con un chándal Adidas de color negro; y también miraba lo que no había visto: el silencio después de los disparos; la voz del locutor que celebraba una canasta en medio de ese silencio; los hombres muertos, sus figuras quietas, inservibles, lo mismo que palabras tachadas; la mujer que se derrumbaba sobre las baldosas, su cuerpo rodeado de monedas, las monedas manchadas de sangre. Pero, por encima de todo, no era capaz de olvidar lo que no había pasado, se veía a sí mismo en aquel bar, caído entre las sillas metálicas, inmóvil bajo los ventiladores apagados.

Salió a la calle. El mareo convertía la ciudad en un sitio diferente, le daba la sensación de estar andando por la cubierta de un barco, por los pasillos de un tren. Intentó darle la vuelta a las cosas, pensar en su fortuna, en la manera en que fue salvado del abismo por un golpe de suerte; pero aquello no servía, le dejaba a la misma distancia del pánico que había dentro de él; aquellos argumentos no enfriaban su sensación de amenaza: muy pronto quedaban deshechos, muy pronto volvían a aparecer bajo ellos el temor, la ansiedad, esa mirada con que veía el desastre aunque ya estuviera lejos de él, en tierra firme, en la parte de los que habían huido: la mirada con que un hombre con vértigo mira las azoteas. Empezó a andar hacia su casa, pero se detuvo: por alguna razón le daba miedo estar allí a solas, moverse en aquel apartamento vacío escuchando sus propias pisadas, yendo de un sitio a otro entre sus cosas de todos los días, entre electrodomésticos y muebles conocidos, objetos incongruentemente normales, como si no fuera un hombre que acababa de estar a punto de morir. Como si se tratase de alguien que, después de todo, ya no estaba en peligro. Pero él sabía que no era verdad, porque eso es justo lo que descubrió aquel sábado, algo de lo que nunca más iba a poder olvidarse: que el eco de los disparos también puede abrir una herida.

3

Al otro lado de la ventana, el hombre que tal vez fue boxeador seguía trabajando en el automóvil. Se fijó en la marca y en el modelo: una furgoneta Citroën, muy antigua, pintada de azul celeste, con matrícula de Barcelona.

La lluvia era ahora más suave y la oscuridad se disipaba lentamente, permitía que las cosas se pudieran reconstruir poco a poco, que saliesen otra vez a la superficie: un pequeño cobertizo donde tal vez se guardaban las herramientas, un pozo, el bosque que separaba las casas de la autopista... Bajo el depósito de gas-oil vio un surtidor, seguramente —se dijo— puesto allí para abastecer a los autocares que parasen en el hotel; y un poco más allá, junto a la pista de tenis, una moto que también tenía aspecto de estar abandonada.

La mujer seguía ocupándose de sus propios asuntos, detrás de la barra: poner unas flores violetas en un vaso vacío, tachar un número en el calendario con un rotulador azul, abrir la caja registradora y sacar de ella algo de color rojo. Se preguntó si todo aquello significaba algo, si una persona también es la suma de las cosas que toca, de los colores que elige. No sabía cuánto tiempo llevaba allí, cuánto tiempo estuvo recordando la historia que, en cierto modo, hizo que ahora se encontrase en aquel lugar llamado Santa Lucía, en ese hotel que estaba al lado de la carretera; pero se había dado cuenta de que ella volvió a mirarle un par de veces con aquellos ojos parecidos al agua de la piscina abandonada, líquidos y profundos, que siempre aparentaban tasar lo que veían, medir su extensión, calcular su peso.

Mientras tanto, él pensaba en su vida, en la forma en que los años le habían ido alejando de la persona que le hubiera gustado ser, de aquel hombre al que apenas podía recordar y que alguna vez soñó con lentos trenes que le llevasen a ciudades extrañas, con escribir novelas de detectives, con tener una mujer como aquella que se parecía a Lana Turner, que era capaz de mirarte con esos ojos verdes en los que te sentías como dos gatos muertos flotando en una piscina. Pensó en qué rápido sucedieron las cosas; en cómo cada conquista en el mundo real —un apartamento propio, un empleo seguro— era también una manera de estar un poco más lejos de sus sueños. Eso es lo que pensaba: qué poco había avanzado en comparación con todo lo que tuvo que dejar atrás;

qué pequeñas eran las cosas que logró, al lado de las que había perdido.

Volvió otra vez a darse cuenta de la distancia que parecía existir entre él y lo que acababa de hacer aquella misma mañana, apenas tres o cuatro horas antes, cuando salió de la cafetería y cruzó la estación de autobuses, recordando casi una por una las palabras que había leído en el periódico: el crimen del bar Plaza Roja, las armas Smith & Wesson, el hombre encerrado en la cámara frigorífica... Después, sintió que era imposible volver a su casa, quedarse a solas con todo aquel miedo, y anduvo un rato al azar, sin rumbo por un par de calles todavía desiertas. Aún estaba mareado, le daba la sensación de andar sobre alquitrán caliente. Volvió a la cafetería de la tienda 24 Horas, fue al lavabo y se quedó mirándose en el espejo: era otro hombre, vestido con su ropa; eso es lo que le pareció; tal vez tuviese el mismo aspecto, la misma forma de siempre, pero él ya no estaba allí. Se fijó en sus ojos, en aquel brillo extraño, aquella luz que iluminaba una parte de su interior que él no conocía.

Regresó al bar y pidió una Pepsi. Al otro lado de la ventana llegaban y se iban los primeros autobuses; los veía aparecer en la estación, acercarse despacio, llenos de gente de otra ciudad, con los parabrisas iluminados, con nieve en el techo.

Se preguntó qué pasaría si subiese a uno de ellos y si un autocar, por muy lejos que fuera, podría llevarle a algún sitio donde no sintiese aquel miedo. Al principio le pareció una locura, una de esas cosas con las que juegas durante un tiempo y al final nunca haces. Aunque lo cierto es que era sábado y hasta el lunes no le esperaban en la oficina y estaba solo y alejarse es una forma de no ser alcanzado y podría sacar el billete con su tarjeta de crédito... Mientras bebía lentamente su refresco intentaba apartar todas esas ideas de él, pero regresaban, una y otra vez, deshacían poco a poco su resistencia, igual que olas chocando contra un castillo de arena.

Luego, todo fue muy rápido: se acercó a una ventanilla, le dijeron que el próximo autobús iba a La Coruña, que salía a las siete y media, que el viaje duraba unas ocho o nueve horas, que aún quedaban plazas libres. Sacó el billete. Entró en una tienda por dos o tres libros. Y eso fue todo: diez minutos más tarde dejaba atrás letreros apagados y plazas oscuras y fábricas blancas y campos de fútbol vacíos sin saber muy bien si todo lo que ocurriera a partir de entonces sería una parte de la vida de aquel hombre que iba en el autobús o aún era una parte de la vida del hombre que pudo haber muerto —que tal vez *había* muerto, se había quedado allí para siempre tal y como él lo vio: caído entre las sillas metálicas, inmóvil bajo los ventiladores apagados— en un bar que se llamaba Plaza Roja.

Intentó dormir. Notaba el movimiento del autocar, oía el motor de los otros coches, un claxon, las ruedas que giraban sobre el asfalto húmedo; y todo eso no le daba la sensación de ocurrir fuera, sino dentro de sí mismo, parecía circular bajo su piel, en el fondo de sus manos, igual que si fuera el ruido de su propia sangre, algo que le hizo pensar en diques rotos, en ciudades devoradas lentamente por el agua de un río.

Miró lo que había comprado: *La línea de sombra*, de Joseph Conrad; *El sótano*, de Thomas Bernhard; *El árbol de la ciencia*, de Pío Baroja. No sabía mucho acerca de ninguno de ellos, porque siempre había leído novelas baratas, historias de detectives, de ciencia-ficción, cosas de esa clase. Pero eso iba a cambiar. Se decía a sí mismo que haber subido a aquel autobús, haber comprado aquellos libros era un punto de partida, la primera parte de algo: aún no sabía de qué, pero estaba seguro de que para empezar una vida diferente necesitaba ser una persona distinta.

Abrió la obra de Thomas Bernhard y leyó la primera frase: «A los otros hombres los encontré en la dirección opuesta». Parecía un buen principio. Luego, le echó un vistazo a la de Conrad: «A veces —decía—, hasta la misma oscuridad tiene el resplandor de una promesa». Decidió empezar por Conrad. Y mientras iba leyendo, se decía a sí mismo: si sabes en qué quieres convertirte tal vez podrás olvidar quién eras. Pero tampoco habría jurado que aquello fuese verdad.

4

Sin embargo, el autocar se alejaba poco a poco de todas aquellas dudas, iba atravesando carreteras secundarias y ciudades vacías mientras él se imaginaba rodeado por todas partes de sí mismo, como alguien casi invisible, con el poder de elegir cualquier tipo de persona y convertirse en ella durante esos dos días: quizás era un escritor que pensaba encerrarse en un hotel junto a una playa a terminar su última novela; o un detective en busca de un asesino; o un hombre de negocios que iba a cerrar un trato.

Se preguntó qué estaría haciendo justo entonces, si no hubiera subido a aquel autobús, y pudo verse en su casa, sentado delante del televisor, leyendo alguna revista; cerró los ojos, se levantó, fue a la cocina para calentar un poco de café, metió una pizza en el horno como si no hiciese más de dos horas que se había marchado de allí; los abrió de nuevo: vio una gasolinera, un almacén, la mañana moviéndose a los dos lados de la autopista.

No podemos saber si aquel otro hombre quizá ya estaba allí; si el asesino en que iba a transformarse ya iba ocupándole poco a poco, centímetro a centímetro, igual que un líquido oscuro llena lentamente una botella vacía. Lo más probable es que tampoco él lo supiera mientras se imaginaba delante del televisor, en su apartamento, mirando uno de esos programas sobre desaparecidos: hombres que se fueron hace diez, veinte, treinta años; mujeres que cambiaban de nombre y de ciudad; hombres que una noche dejaban a sus familias, que saltaban de sí mismos como de un coche en marcha.

Cerró otra vez los ojos y, por alguna razón, se puso a pensar en un artículo que había leído sobre volcanes; se acordaba de que el Mont Pelée había matado a treinta mil personas en la isla de la Martinica y el Nevado del Ruiz a veinticinco mil en Colombia; también era capaz de recordar el Santa Elena en Estados Unidos, el Pinatubo en Filipinas, el Katmay en Alaska... Después, de forma incoherente, volvió mucho tiempo atrás, a la época en que debía de tener alrededor de ocho o nueve años y su padre los llevó a él, a su madre y a sus hermanos al lugar donde había nacido, un pueblo de montaña llamado Treinta Cruces. Recordaba muy bien aquel viaje, el cielo frío y las pistas solitarias; a su madre vestida con un abrigo naranja; a su padre intentando sintonizar algo en una emisora mientras hablaba de comprar un terreno en aquel sitio, de construir una casa de verano en el bosque.

El conductor detuvo un momento el autobús y los pasajeros, como si una cosa fuera la consecuencia lógica de la otra, se quedaron callados, tal vez mirando con desconcierto o miedo la carretera; luego arrancó otra vez y puso una cinta. Sin abrir los ojos, mientras escuchaba la música —¿qué era aquello, aquel sonido suave que le hacía pensar en jardines oscuros, en películas de aviadores, en parejas bailando junto a una piscina: Glenn Miller? ¿Benny Goodman?—, antes de regresar a la historia del viaje con sus padres, se preguntó qué había ocurrido: ¿un semáforo en rojo?, ¿un accidente? Casi pudo verlo: cristales rotos, grúas, un cuerpo tapado con una manta amarilla.

Treinta Cruces no era gran cosa: una plaza con álamos blancos, dos o tres bares, una pequeña iglesia, un campo de fútbol, una estación de la Renfe. Su padre saludó a algunos conocidos, fue a ver el solar donde había estado la casa de su familia, los llevó a comer a una especie de bodega: queso fuerte, empanada de carne y vino para los mayores; tortillas francesas y Fanta para los niños. También les contó que, cuando él vivía allí, todas las noches de invierno, alrededor de las once, llegaba a la estación un tren de carga y se quedaba parado hasta la mañana siguiente en la vía que atravesaba de parte a parte el pueblo, de forma que lo dividía en dos. Su padre les dijo lo extraño que era entonces todo, sentirse atrapado en una de las dos mitades de Treinta Cruces, intentar dormirse mientras se escuchaba el ruido de la lluvia sobre aquel tren vacío.

Por la tarde, subieron a la montaña para ver una parcela de la que les habían hablado. En realidad, era un pequeño claro del bosque, sin ningún otro edificio alrededor y sin ninguna carretera por la que llegar a él.

—¿Qué os parece? —decía su padre—. ¿Podéis imaginarlo? Tener aquí una especie de escondite. Algo en lo que confiar. ¿Sí o no? Dejarse de toda esa basura: las chimeneas, el tráfico, los ruidos. La gente. Puede que incluso pudiéramos mandarlo hacer con algunos de estos mismos árboles.

Su madre estaba callada. Sus silencios eran largos y fríos como látigos. Pero, en algún momento, sus padres se alejaron hacia el fondo del bosque y los vio discutir violentamente, bajo los álamos, en medio de aquella tarde helada. Al hablar, salían de sus bocas pequeñas columnas de humo, lo mismo —pensó ahora, tantos años después, desde dentro de aquel autobús— que si sus corazones estuvieran quemándose muy despacio en su interior. Al final, ella y sus hermanos volvieron solos al pueblo. Su padre y él se quedaron allí, mirando las montañas.

—¿Y tú qué dices? —preguntó al final el hombre—. ¿Te gustaría o no?

A la vez que hablaba, sacó un paquete de cigarrillos, uno de esos Rex que siempre había fumado. Intentó encender uno, pero el viento apagó la cerilla.

—Si me gustaría qué.

—Lo de la casa. A lo mejor podemos venir tú y yo solos. Sentarnos junto a un fuego a ver caer la nieve. Ya sabes. Compraríamos un par de escopetas para salir a cazar por las mañanas.

Mientras hablaba tenía los ojos clavados en el bosque, como si alguno de los animales sobre los que pensaba disparar estuviese a punto de aparecer entre la maleza. Puede que él se volviera también hacia los árboles y sintiese un escalofrío: ¿a qué se estaba refiriendo? ¿Ciervos? ¿Osos?

—No sé —contestó.

Le vio probar de nuevo con otra cerilla. Le hubiera gustado que esta vez acertase, pero falló de nuevo.

—De acuerdo —dijo—, no lo sabes.

Durante un buen rato, a ninguno de los dos se le ocurrió nada más que decir. Seguramente —imaginaba ahora— él cerró los ojos, como hacía tantas veces, vio pequeños fragmentos, imágenes desordenadas de su vida, cosas que por algún motivo le asustaban: mientras comían en la bodega, salió de la cocina una mujer con un delantal blanco manchado de sangre; en el laboratorio de su colegio había un ratón muerto en un frasco de alcohol; el teléfono de su casa era rojo; cuando iban a algún sitio, su padre siempre llevaba una llave inglesa debajo del asiento. Aún se acordaba muy bien de su coche: un Renault Gordini con la palanca de cambios en el volante.

El hombre se giró hacia él y le observó profundamente. Tenía aquel aspecto suyo de estar a punto de rendirse, de saber que en cualquier caso se encontraba muy solo y luchaba contra algo demasiado grande. ¿Qué tipo de persona era *en realidad*?, se preguntó él ahora, otra vez, medio dormido en el autobús Alsa, veinte años más tarde, mientras lograba reunir las pequeñas piezas de aquella historia: la nieve alrededor de Treinta Cruces; la mujer del delantal manchado; su madre vestida con un abrigo naranja; el radio-cassette de ocho pistas del Gordini; la forma en que su padre encendía un fósforo y sus manos se volvían un momento azules, hasta que lo apagaba el viento; aquel frío que daba la sensación —se dijo— de acercarse hacia ellos desde los árboles, de ser algo que saliera de dentro del bosque. Hace poco había visto en la televisión un programa sobre una especie de lobos que en invierno, cuando pierden el rastro de su manada a causa de las tormentas o del hielo, bajan de la sierra y se quedan en un lugar visible, inmóviles, a veces durante semanas, expuestos a la lluvia y los cazadores, sin comer, esperando que los otros vuelvan a recogerlos. Podrían buscar refugio y cazar para seguir vivos. Pero no lo hacen. Sencillamente se quedan ahí, a la intemperie, furiosos y asustados, hasta que mueren de hambre o alguien les dispara. Pensó que si de alguna forma aquellos lobos estaban convencidos de que su dolor y su mala suerte eran algo de lo que todo el mundo debería avergonzarse, *ésa* sería justo la clase de persona que era su padre.

Abrió un segundo los ojos. El Alsa cruzaba una calle vacía. La autopista era azul bajo la lluvia. Junto a él, en el asiento de la izquierda, un chico iba bebiendo una lata de Coca-Cola y leyendo el Marca. Volvió a cerrarlos. Volvió a la tarde de Treinta Cruces, al momento en que empezaba a oscurecer y su padre se le había quedado mirando.

—¿Sabes qué hay por aquí? —le oyó decir—. Un búnker. ¿Tienes idea de lo que es?

Le contó que aquélla había sido una zona de guerra; que los soldados de la República estaban en el bosque y el ejército de Franco en las montañas.

—¿Tenían cañones?

—Claro. Esto era el frente. Cañones, metralletas, trincheras. Seguro que por aquí tiene que haber un montón de balas enterradas. Y puede que algún obús. Hace un par de años, al cavar en un jardín unos obreros encontraron los cuerpos de dos milicianos. Uno aún tenía una pistola Star en la mano.

Apenas le dio tiempo a recordar que luego fueron donde estaba el búnker, en una depresión entre dos colinas, casi invisible detrás de los álamos y cubierto por el musgo; que sentía miedo porque, inexplicablemente, todo —sus pisadas, una botella rota, unos botes vacíos— le daba la sensación de haberse convertido de pronto en algo lleno de amenazas, en algo que tenía que ver con aquella historia de los soldados muertos. Mientras, su padre hacía agujeros con una navaja en la hierba, iba de un lado a otro buscando obstinadamente las balas, como si ésa fuera la única forma de demostrarle que lo que había contado era cierto, que los hombres de los que le hablaba —José Antonio, el general Mola, García Lorca, Millán Astray, Azaña— habían existido de verdad.

—Nunca... sabes con qué puedes encontrarte —decía—: Monedas..., una escopeta..., granadas...

Apenas le dio tiempo a pensar en eso porque se fue quedando dormido, casi sin notarlo; fue sintiendo cómo la música que caía minuciosamente desde los altavoces, el motor del autobús, las conversaciones de los pasajeros tomaban el ritmo de su respiración, entraban y salían de él, se iban apagando lentamente, se oxidaban igual que una manzana partida en dos.

Pensó que no tenía nada que ver con él. Nada de eso. Ni el Gordini blanco ni los soldados muertos ni la gente que por las noches se dormía escuchando el sonido de la lluvia sobre un tren vacío.

Lo iba a conseguir —se dijo—: Cuando se despertara no sabría dónde estaba. Tal vez para entonces ni siquiera supiese quién era.

5

La mujer de los ojos verdes empezó a caminar hacia él. La vio acercarse desde el fondo de la barra, lentamente, moviendo con pereza, con arrogancia aquel cuerpo perfecto que se dejaba adivinar bajo el vestido blanco; y según se aproximaba él iba teniendo sensaciones distintas: le hizo pensar en algo ajustado, caliente, adhesivo... Se alegraba de estar allí, de haberse quedado en aquel sitio sin saber muy bien por qué, de haberlo decidido cuando oyó el nombre de la parada por los altavoces del autobús. Porque así es como fue. Luego, mientras iba hacia el hotel con los otros pasajeros, mientras cruzaba la verja de hierro y andaba hacia el edificio casi oculto entre los árboles, lo había pensado: estaban las montañas, la nieve; el lugar era solitario, ideal para ocuparse de poner su vida en marcha; estaba cerca de su ciudad, a tres horas de todo aquello sobre lo que quería pensar; estaba lo suficientemente lejos como para poder considerarlo una aventura y lo suficientemente cerca para cuando el lunes tuviese que volver. Pero al principio no. Al principio, las cosas habían sido de otra manera: un movimiento intuitivo, igual que protegerse de un golpe, igual que apostar por un número:

—Santa Lucía —escuchó que anunciaba el conductor; y él se dijo: es aquí.

La mujer ya estaba a su lado. Los observó alternativamente a él y a los últimos viajeros que volvían al autobús cargados de botellas, dulces, revistas; estuvo esperando a que el Alsa diera la vuelta en el aparcamiento y se perdiese carretera abajo y después le miró de nuevo antes de hablarle, de una forma descarada, meticulosa, lo mismo que si estuviera intentando armar un puzzle, tocar el fondo de algo, ver con exactitud qué clase de hombre era aquél al que se iba a dirigir. Lo mismo —pensó él, aunque quizá no con estas palabras en concreto, sino de esa manera en que a veces se forma dentro de nosotros una sensación, a base de ráfagas aisladas, sin necesitar más que un par de detalles imprecisos— que alguien que prueba un plato nuevo e intenta descubrir los ingredientes.

—¿Café? —dijo.

Era de verdad bonita. Se preguntó qué ocurriría si se quedase en aquel lugar con ella, juntos para siempre, a merced del viento, escuchando cada noche su corazón dormido, la lluvia sobre el bosque, la manera en que el ruido de una autopista pasa sobre la piel de una mujer desnuda.

—No —contestó, mientras fuera estallaba de nuevo la tormenta y aquellas ideas iban de un lado a otro de su mente igual que cajas vacías en la bodega de un barco—. Estoy aquí por lo del empleo —y señaló con la mano el cartel que había al otro lado del mostrador.

6

Lo primero que hizo fue mirar por la ventana. Enfrente de su habitación, a lo lejos, en un claro del bosque, alguien estaba construyendo una casa. Había por todas partes hormigoneras, palas, sacos, zanjas. Intentó imaginarse el edificio ya hecho, con balcones pintados de verde, hamacas bajo el porche, enredaderas subiendo por los muros.

Luego, empezó a ponerse la ropa de trabajo: un mono Lois azul oscuro, unas zapatillas de tenis Stan Smith nuevas, una gorra amarilla en la que estaba escrito: *Miguel Indurain. N.º 1*.

Fran Lowell, el dueño del hotel, le había ordenado limpiar el surtidor de gas-oil. Después, tendría que encargarse del aparcamiento, estacionar los coches de los clientes, poner aire a los neumáticos, limpiar los cristales y dejar en los parabrisas una tarjeta con el texto: «Para que vea claro el camino de vuelta al hotel Santa Lucía». Al final, es posible que ayudara con las mesas, cuando la gente ya se hubiese marchado.

Se puso a andar de un lado a otro de la habitación, encendió un Camel, se apoyó en el lavabo y estuvo allí un buen rato, mirándose al espejo; lo que había en él le hizo reírse: en el fondo, aquella figura con aspecto de mecánico, con la forma de alguien —se dijo— acostumbrado a la sobriedad y el trabajo duro, aún se parecía mucho más a la ropa que llevaba que al hombre que estaba debajo de ella. Se parecía a otra persona que estuviese imitándole a él, que hubiera aprendido sus movimientos, que copiara sus ademanes. Se quedó así todavía un poco más. Notaba la loza helada sobre su piel, aquel frío blanco como algo casi corpóreo, espeso, algo que se le fuera a quedar pegado en las palmas de las manos.

Recordó que a partir de entonces tendría que andarse con pies de plomo. Lo primero era el nombre: Andrés, así era como les había dicho que se llamaba. Andrés Hurtado, igual que el protagonista de *El árbol de la ciencia*. De modo que durante aquellos dos días, antes de que el lunes volviese a su trabajo en el banco, a su apartamento, a su vida real, necesitaba adivinar quién era aquel hombre para poder convertirse en él; necesitaba comportarse como él lo habría hecho al abrir una botella, al encender un cigarrillo, al contestar a una pregunta o volverse cuando le llamaran.

—A solas —se dijo—; lo más importante de todo es ser capaz de hacerlo cuando estás a solas —y se acordó de algo que vio hace muchos años, en San Sebastián, en la época en que aún estudiaba, la única vez en su vida en que se había escapado del colegio: era un lunes y poco antes de las nueve salió con sus hermanos Kepa y Asier de casa; anduvo las cinco o seis calles de siempre hasta llegar al instituto, primero Urbieta, Loyola; después Hondarribia, Getaria..., hasta empezar la misma secuencia de todos los días: el edificio de ladrillos rojos, las escaleras, las filas de archivadores, los pasillos extraños que no le daban la sensación de ir a ningún sitio, sino de estarse alejando de alguna parte. Sin embargo, aquella mañana volvió atrás, deshizo el camino a casa con lentitud, agotando con un placer empalagoso cada segundo de aquel tiempo usurpado, cada metro de aquellos lugares que aplazaban la vuelta a su vida real. Fue por Miramar hasta el paseo marítimo para ver la playa. Leyó cuidadosamente los menús, escritos en pequeñas pizarras, de los restaurantes de Okendo y Churruca. Avanzaba sin prisa, se detenía en los kioskos de la calle Idiakez y en las tiendas de la calle Garibai sintiéndose vulnerable en medio de la gente, temeroso de las personas que salían de un bar o hablaban en voz baja cerca de unos árboles o iban cruzando una plaza con bolsas de plástico en las manos. Empezó a verse desde esa gente, desde un hombre que bajaba de un taxi o una mujer que salía de unos grandes almacenes: parecía sucio y sospechoso.

Cuando llegó a su casa, nada más abrir la puerta fue hasta la cocina y allí es donde vio a su madre: estaba de espaldas, junto a la tabla de planchar, en medio de una nube de vapor, vestida sólo con una falda y un sostén negro, descalza, sujetando un plato con sobras de la cena en la mano. Tenía la radio puesta y pudo verla moverse al ritmo de la música mientras doblaba una sábana, coger un trozo de pollo frío con los dedos y después meterlos en la taza de agua que usaba para salpicar la ropa.

—De modo que ya lo sabes —dijo un locutor, cuando acabó la canción—: Treinta y seis grados significan que va a ser una noche muy, muy caliente.

—La noche de que te den por el saco —le contestó ella a la radio.

Al principio le había asustado ver a esa mujer que era su madre y al mismo tiempo era opuesta a ella, bailando medio desnuda en la cocina. Y desde entonces, desde aquella mañana de hace más de veinte años en que salió sin delatarse de su casa, enmascarado por el volumen de la radio, sintiéndose frágil y confuso, nunca había dejado de ver a esa otra mujer detrás de cualquier cosa que hiciera o dijese su madre, detrás de las reglas que les imponía a él y a sus hermanos, de las palabras con que les explicaba algo o de los modales que utilizaba en la mesa: jamás dejó de sentir que estaba allí, una y otra vez, en medio de una habitación vacía, hablando sola, descalza, vestida con un sujetador negro, comiendo con las manos. Se preguntaba por qué nunca había podido olvidarlo, por qué todas aquellas cosas inútiles estaban aún dentro de él, moviéndose en su interior, sin descanso, como objetos hundidos en el fondo del mar.

Volvió a mirar por la ventana. Fuera, no había dejado de llover. Por un momento pudo verse andando hacia el surtidor; pudo casi sentir la lluvia que empapaba el mono Lois, el peso del agua en la tela azul que se iba humedeciendo lentamente, como la ropa de alguien herido en un tiroteo.

Andrés Hurtado... Le dieron ganas de hacer el mapa de cómo había llegado hasta él: a las seis estaba en su casa; tres cuartos de hora más tarde, en la cafetería de la estación de autobuses; a las siete y media iba por la Nacional VI hacia La Coruña y a las once estaba en Santa Lucía. Y unos minutos después ya era ese otro hombre, Andrés Hurtado, aunque en realidad aquella había resultado por el momento la parte más fácil: la conversación con el dueño del hotel había sido tal y como él mismo dijo que le gustaba hacer siempre las cosas, sin andarse por las ramas, sin gastar pólvora haciendo disparos al aire; directas y al centro.

—Le pagaré ciento cincuenta mil, sin habitación ni comida. Su trabajo consistirá en hacer cualquier cosa que yo o mi mujer podamos decirle, desde limpiar la caldera o barrer el comedor hasta ir al pueblo por provisiones; desde ocuparse del gas-oil hasta regar los rosales. No habrá contratos, nada de pólizas o seguros: si aparece un inspector le diremos que es usted un amigo de la familia que nos está echando una mano. Si se queda con la habitación de la torre serán siete mil menos a la semana. Mi nombre es Fran Lowell. Por aquí, para algunos soy el señor Lowell y para otros el *Americano.* Usted puede llamarme Fran.

Andrés pensó que, al final, la cara de Fran Lowell se iba a ensombrecer de pronto, que iba a salir desde el fondo de ella un gesto amenazante —podía notar ese gesto que llegaba de dentro de aquel hombre, que se abría paso hacia sus ojos, como alguien que escucha un animal que se acerca entre la maleza— y que entonces le diría algo de esta clase: «Por último: si le pillo mirando más de veinte segundos seguidos a mi mujer, le mataré». Pero lo cierto es que Fran Lowell no hizo nada de eso. En su lugar, le dio a Andrés la llave del cuarto de la torre y empezó a andar pesadamente hacia la puerta de la cafetería; pero antes de cruzarla se detuvo, giró sobre sí mismo y estuvo mirándolos un momento, primero a él, luego a la mujer del vestido blanco. Después, salió al jardín y le vio alejarse hacia el depósito, poner en marcha la furgoneta Citroën y empezar a trabajar de nuevo, bajo la lluvia, inclinado sobre el motor.

Se dio la vuelta: la esposa de Lowell ya había desaparecido. Le dieron ganas de ir a buscarla, de entrar en la cocina y acercarse por su espalda y preguntarle al oído por qué una mujer de su clase había acabado en las manos de un tipo como aquél, igual que hace John Garfield con Lana Turner en *El cartero siempre llama dos veces*. Se preguntó qué diría ella entonces. Le dieron ganas de descubrir si tal vez en cuanto empiezas a imitar a un actor la vida empieza a parecerse a una película. Pero aún era demasiado pronto y él tampoco hizo nada de eso.

7

La habitación de la torre era un cuarto pequeño, construido encima del cobertizo, con las paredes pintadas de un feroz verde pálido. Tenía una cocina de gas y un lavabo, un sillón rojo y una nevera.

Desde el principio, Andrés empezó a comportarse como si pensara estar en aquel lugar mucho tiempo, como si no fuera a marcharse de allí dos días después: cogió una caja vacía de fruta en la despensa para hacerse un estante donde poner sus tres libros, donde mirar juntos los nombres de sus autores, los títulos unos al lado de otros —*El árbol de la ciencia*, *La línea de sombra*, *El sótano*—, igual que si fueran piezas de una maquinaria, partes del disfraz que pensaba construir. Con el tiempo —se dijo, medio en serio y medio en broma—, cuando estuviera de regreso a su auténtica vida, puede que alguna vez imaginara qué pudo haber pasado si aún siguiese allí: habría ido comprando más novelas, añadiendo otras cajas, pintando de algún color suave la madera; habría puesto una lámpara junto al sillón y una pequeña despensa encima del frigorífico, un armario detrás de la puerta y un televisor enfrente de la cama.

También le compró a Fran Lowell algunas conservas: calentaría las latas en la cocina de gas y las comería allí cada noche, en ese mismo cuarto, en silencio, mientras notaba dentro de él aquellos sabores fuertes, su inundación meticulosa, imparable; mientras escuchaba la nieve deshaciéndose lentamente en la oscuridad. Pensaba que ser Andrés Hurtado resultaría más sencillo si lograba alimentarse con lo que un hombre como aquél comería en una situación como ésa. Para terminar, compró una botella de vino y un paquete de tabaco negro, de la marca Ducados.

Y aquello pareció funcionar, porque ese mismo día, mientras limpiaba el surtidor de gas-oil, empezó a ver su vida desde un poco más lejos: su puesto en el banco, el bar de la estación de autobuses donde cada mañana iba a desayunar, la calle donde estaba su apartamento; todo daba la sensación de irse separando poco a poco de él, de apagarse lentamente a medida que se internaba un poco más en el personaje que había inventado cada vez que echaba combustible en el depósito de un autobús o estacionaba un coche en el aparcamiento o ponía una de aquellas tarjetas del hotel en un limpiaparabrisas. Porque eso es lo que hizo: correr todo lo que podía hacia dentro de Andrés Hurtado, sin mirar atrás ni tampoco adelante. No se fijó una meta. No esperaba llegar al fondo de nada. No iba a ningún sitio. Sólo quería estar lo suficientemente lejos de lo que había dejado y descubrió que no era tan difícil, tal vez porque se corre más deprisa cuando huyes de algo que cuando quieres llegar a alguna parte.

La historia del bar Plaza Roja también se iba deshaciendo en su interior, aunque de pronto volviera una imagen, algún detalle: los ventiladores, la barra de Camy, el chico con un chándal Adidas negro... Pero ya parecían una cosa distinta, recuerdos de otro hombre, algo que le hubiesen contado.

Se acordó de la foto del fondo del mostrador, de aquel joven con los puños en guardia y un tatuaje en el brazo y una mirada oscura que probablemente habría sido Fran Lowell alguna vez, y se dijo que ése era un buen símbolo, el de los boxeadores que saben que van a perder, que se tiran para dejar de recibir golpes porque descubren que, a veces, acabar en la lona es una manera de no acabar muerto.

8

La línea de sombra es una especie de frontera, la raya que separa la juventud del resto de la vida. De eso es de lo que hablaba el libro de Joseph Conrad. Se había sentado a leerlo antes de que llegasen al hotel los primeros autobuses; de modo que allí estaba, en la habitación verde, frente al solar donde alguien iba a construir una casa nueva, usando la media hora que Fran Lowell le había dado para comer.

Conrad decía que a veces hay algo que se apodera de ti, algo que te arrastra fuera del lugar donde está todo lo que tienes, del sitio en donde se supone que deberías quedarte; que hay una fuerza que habita en nuestras vidas y las modela a su antojo y casi ningún hombre es tan grande como para poder escapar de eso.

Andrés pudo entender muy bien lo que leía, se daba cuenta de que *él* también era el personaje del que hablaba la novela, alguien que notaba en su interior lo que Conrad llamaba el estado de ánimo de los marinos, que a medida que se adentran en alta mar se sienten completamente ajenos a todo lo que pasa en tierra. Porque así es justo como él se veía: es posible que anduviese por aquel lugar, que hubiera barrido el comedor y limpiado los parabrisas y puesto gas-oil a un par de autocares y que algunos clientes, al entregarles sus coches, le premiasen con unas monedas que, una vez más, daban la sensación de caer en la mano de otra persona, pero a pesar de todo él no estaba allí.

El trabajo en Santa Lucía era extraño. Cada dos o tres horas llegaba un autocar y subía despacio la carretera de montaña hacia el hotel. Andrés aprendió pronto a distinguir entre los demás sonidos y el de aquellos grandes motores que se acercaban despacio entre los árboles; aquel sonido a metal caliente y corazón mecánico al que, de pronto, parecían acompasarse el resto de las cosas: la lluvia, el bosque, las casas, todo daba la sensación de tomar el ritmo de los autobuses que iban apareciendo poco a poco al fondo de la cuesta —primero la antena, luego la figura del conductor detrás de los cristales, después las luces—, que llegaban perezosamente hasta donde ya estaba el ruido de sus motores y una vez allí sus faros se apagaban, la puerta se abría, los viajeros cruzaban el jardín con pasos rápidos y ojos cansados, iban al bar, pedían cervezas y bocadillos, se agolpaban en la barra comprando bolsas de pipas de girasol, tabaco, botellas de agua, paquetes de galletas Príncipe..., y al salir se quedaban inmóviles delante de las vitrinas encendidas, mirando los cassettes, las cajas de dulces, los llaveros; se quedaban allí antes de volver a su autocar, frágiles y quietos como animales deslumbrados por la luz de una linterna.

Andrés observaba a aquella gente: los grupos de soldados que hablaban a voces y bebían ginebra barata; las mujeres con trajes por alguna razón habitualmente oscuros; los jóvenes nerviosos que se quedaban fuera del bar, sentados en los escalones, mirando en silencio el agua sucia de la piscina. Muy pronto, todos desaparecían, dejaban tras ellos un caos de líquidos derramados y latas abiertas, de envoltorios rotos y botellas vacías, cosas que tal vez pertenecieran más a los hombres que se iban que al sitio del que se marchaban, cosas —pensó Andrés— que de alguna manera, en alguna parte, siempre les estarían esperando.

Aquella mañana habían llegado a Santa Lucía tres autobuses y él fue poniéndoles gas-oil y limpiando sus parabrisas y fumando cigarrillos con los conductores, gente de aspecto acorazado y pocas palabras que prefería quedarse allí, a distancia de los viajeros; hombres con camisas azules que dejaban la radio encendida y bebían Coca-Cola y se quedaban apoyados en el surtidor, mirando al cielo.

Uno de ellos fue a sentarse en el borde del pozo y estuvo observando la pista de tenis abandonada. Luego, se acercó a Andrés. Le ofreció un Marlboro.

—Es raro lo que les pasa —dijo, señalando hacia el bar donde estaban sus pasajeros—: Se meten ahí a comprar provisiones lo mismo que si en lugar de estar en un viaje de siete horas fuesen a dar la vuelta al mundo.

Andrés guardó silencio. En la radio se oía una canción de una banda llamada Morphine. Luego, una locutora empezó a dar el parte meteorológico.

—Yo creo que en realidad no tiene nada que ver con la distancia —siguió el conductor—; que no les importa lo lejos que estén, sino lo lejos que se sienten.

El hombre miró otra vez hacia la pista de tenis vacía, como si allí estuviese la prueba de lo que acababa de decir. Luego, continuó hablando:

—Aunque supongo que así son las cosas: la gente cree que va más lejos de lo que va y eso hace que la caja registradora que tiene ahí dentro el Americano se llene de dinero.

Debía de ser alrededor de la una y media. Lowell le había avisado de que aquella mañana iban a llegar tres autocares, de que el último se marcharía poco antes de las dos y era necesario darse prisa para ponerlo todo en orden antes de que llegaran los primeros clientes. Andrés se dio cuenta de que para Lowell había, por encima de todo, dos tipos de personas: los *viajeros* que venían en los autobuses estaban en el primer grupo; eran gente de paso, buscaban cosas rápidas y baratas, café, refrescos, bocadillos, tabaco...; el segundo grupo era el de los *clientes:* éstos iban al hotel Santa Lucía los fines de semana; eran por lo común parejas o familias a las que les gustaba ir andando lentamente hacia el río, pasear al pie de las montañas, sentarse junto al fuego o al lado de las ventanas desde las que se veía el bosque, comer sin prisas en el restaurante. Desde luego, para Lowell los clientes eran mucho más importantes que los viajeros.

El conductor que le había dado un Marlboro volvió a mirar hacia el hotel y luego a la pista de tenis. Sus ojos parecían ir y venir continuamente del mismo sitio al mismo sitio: a Andrés le hicieron pensar en un perro atado a una cadena.

—Al otro chico le hacía gracia esa gente —dijo—; era muy cariñoso con ellos, ayudaba a las mujeres a cargar sus maletas, dejaba que los niños jugasen a montar en su moto. Pero le hacían gracia: los llamaba los aparecidos. Una vez me contó que en su país solía decirse que mientras eres un viajero dejas de pertenecer a alguna parte.

Andrés pensó que *el otro chico* era alguien que había trabajado en Santa Lucía antes que él. Miró la moto abandonada entre los árboles: parecía algo que hubiese pertenecido a un hombre que en aquel momento ya estuviera muy lejos de allí.

—Davor —dijo el conductor—, así es como se llamaba. Era de Yugoslavia y yo creo que la gente de los autobuses le hacía pensar, de alguna manera, en todo lo que por entonces estaba pasando en el sitio de donde vino.

Mientras el otro hablaba, Andrés formó dentro de sí mismo, cuidadosamente, quitando y poniendo piezas según lo que decía el conductor, igual que si armara un muñeco, la imagen del muchacho que se llamaba Davor: delgado, amable, débil, triste, con los ojos claros, solitario, fuerte, listo, alegre, extraño, con los ojos oscuros...

El hombre dijo que aquel chico le había contado que en Checoslovaquia, antes de que todo empezase, estudiaba literatura por las mañanas y por las tardes trabajaba como repartidor. Que vivía en una casa al lado del río. Que era de Croacia y cuando estalló la guerra volvió allí desde Praga.

Se detuvo en medio de la historia, miró su reloj y luego hacia el bar; después, sacó un cigarrillo y le dio a él otro, sin perder el tiempo en preguntarle si lo quería. Andrés vio el paquete rojo y blanco de Marlboro, la diminuta llama del mechero apresada un instante en la mano del conductor.

—Pero cuando llegó —dijo— ya no quedaba nada. La casa de sus padres era un montón de ruinas. Toda su familia había desaparecido.

El hombre se calló en ese punto, pero él no pudo creer que el relato hubiera terminado. En realidad le parecía que todo aquello no era nada más que la primera parte de alguna otra cosa.

—¿Qué pasó aquí con Davor? —preguntó Andrés. Su voz era suave y al mismo tiempo dura, firme y clara, una mezcla que daba cierta sensación de dominio, pero también de humildad, de pertenecer a alguien de quien harías bien en fiarte. Era la voz que usaba cada día en su empleo del banco, la clase de tono con que les gusta encontrarse a los hombres que van a abrir una cuenta, que quieren saber qué pasa con su dinero.

—Parece claro que él también desapareció.

—¿Y por qué se fue?

—Bueno, yo no he dicho que hiciera eso. A lo mejor es que lo echaron.

—¿Lo echaron? ¿Lowell y su mujer?

—Puede que sí. O puede que sólo fuera uno de los dos.

—Pero... ¿no era bueno en...? ¿Cómo es que no fue capaz de conservar el empleo? —preguntó Andrés. Ya había pasado un cuarto de hora y los pasajeros empezaban a salir del hotel, volvían al autobús con bolsas y revistas y botellas azules en la mano. El conductor miró su reloj de nuevo, antes de seguir hablando, abrió la puerta del autocar, tiró el cigarrillo y se sentó detrás del volante. Su aspecto era el de un tahúr a punto de poner sobre la mesa la carta que ganaba la partida.

—Bueno, yo creo que tal vez lo que pasó es que le gustaba demasiado algo que ya tenía dueño.

Y después de decir eso, sus ojos se iluminaron un segundo con un brillo extraño, un brillo que, sin comprender exactamente por qué, Andrés hubiese jurado que era idéntico al sabor del veneno.

—Ya sabes —dijo alguien en la radio—: *Time out of mind*, Bob Dylan y todo eso.

9

La mujer de Lowell se llamaba Sara. Andrés iba de un lado para otro ocupándose del trabajo, pero sin dejar de seguir su figura cuando aparecía detrás de una ventana, cuando se alejaba entre las sillas de metal o bajaba muy despacio por la escalera con aquel cuerpo que parecía moverse bajo el vestido blanco igual que la estatua de una diosa flotando en el mar. Eso es lo que él sentía al ver sus ojos verdes, la melena rubia, los pechos que imaginaba redondos y duros, la mano con un anillo azul: una sensación de profundidad, de vértigo, de ser alguien sentado en un muelle mirando la marea.

Se ocupaba de su trabajo pero sin dejar de espiarla, de oír su voz al otro lado de una puerta, sus pasos en un cuarto del hotel, los fragmentos extraños de una conversación suya al teléfono —¿qué significarían, de qué formaban parte todas aquellas palabras: *aquí, nunca, imposible, dieciocho, entonces, para siempre?*—, mientras recogía unas mesas o miraba una docena de manteles rojos dar vueltas en el tambor de la lavadora o echaba cubos de agua caliente sobre el porche.

Pensó en algún modo de describirla, igual que si tuviese que hablar de ella en una novela; en una forma de resumir a esa mujer que daba la impresión de haberse quedado a mil kilómetros del sitio en el que estaba; que iba de aquí para allá entre vasos volcados y barriles de cerveza y taburetes amarillos y embalajes deshechos como si de alguna forma en realidad no estuviese allí, como si todo aquello no pudiera tocarla. Eso es lo que sintió, en aquel mismo instante: eran poco más de las dos; estaban en el bar, pero aquel cuarto le daba ahora la sensación de ser otro, alrededor de Sara: era un espacio irreal, extraño, un lugar sin límites, sin consistencia, parecido a una habitación en la que alguien está contando un sueño. La mujer ponía unos claveles en las mesas o se quedaba unos segundos quieta en el umbral, contemplando tal vez el horizonte o la pista de tenis o el pozo, y él la miraba moverse sobre ese mundo que parecía ser sólo de ella, a través de sí misma, por un sitio al que él no sabía cómo llegar, y pensó que a lo mejor en el fondo no eran tan distintos, que si ahora ella estaba de aquel lado es porque de éste habría alguna buena razón para escaparse.

Fuera, empezaban otra vez los truenos. Andrés se volvió hacia la ventana, vio nubes violetas, un relámpago, la lluvia que ahora le parecía sólida, afilada, metálica. Y también la vio a ella, en el reflejo del cristal, mirándole; estaba junto a la barra y había algo brillante en su mano. Entonces lo encontró, pudo ver cuál era el modo de definirla: puede que tuviese otra forma, pero era exacta, estaba hecha de lo mismo que aquella tormenta.

10

Habrían sido unos diez o doce y casi todos se sentaron cerca del fuego. Andrés se acordaba de aquella gente —sus voces atrapadas, igual que en una red, en el sonido frío de los cubiertos; dos niñas con impermeables morados; el ademán de una mujer al llamarle; un hombre ciego que rompió una bandeja— y también se veía entrar y salir de la cocina, acercarse a las grandes ollas, volver al comedor con las manos cargadas de fuentes, jarras, soperas, convertido en alguien tan distinto que estaba seguro de que algunos años más tarde, cuando lo recordara, apenas si iba a poder creerlo.

Se acordaba de todo eso y también de las frases sueltas, los trozos de conversación, las palabras incoherentes que iba oyendo cuando pasaba junto a las mesas:

—... así que creyó que de esa manera nadie tendría por qué notarlo...

—... aunque tal vez... sí, me parece que eso es lo que voy a darte...

—... ellos pensaron que le habían visto, pero la verdad es que no estaba allí...

—... decía que una factura como aquella... que hubiese sido mejor un viernes, o un domingo...

—... y cayó y cayó hasta el final...

Andrés estaba ahora en su habitación de la torre, tumbado en la cama, con los ojos cerrados. Un poco antes, había abierto las llaves de gas de la cocina y ya empezaba a sentir una sensación rara, un mareo lento y espeso, un sabor a plomo en la boca; era igual que ir durmiendo dentro de un barco, parecido a hundirse en arenas movedizas. Y también hubo algo más, algo inexplicable, como pequeñas manos oscuras que tiraban de él hacia abajo. Cuando sintió eso, se levantó y apagó el gas.

Eran las siete y estaba cansado. Todas aquellas horas de pie, el esfuerzo físico al limpiar el surtidor, al partir con un martillo las barras de hielo o apilar cajas de carne o servir las mesas le habían puesto al límite, incluso era posible que un poco más allá. Aquello era muy distinto a su trabajo en el banco, a las jornadas tranquilas de ocho y media a tres, sentado detrás de un cristal antibalas, poniendo sellos de tinta en los impresos; a las mañanas que giran con lentitud; al río interminable del dinero: billetes grises, rojos, verdes; talones azules como un telegrama; monedas aún calientes donde se enfría poco a poco el calor de la mano de alguien que se aparta del mostrador, que cruza muy deprisa el vestíbulo, que corre de nuevo hacia su vida.

Visto desde el lugar en donde ahora estaba, en ese hotel de carretera vacío al que de vez en cuando llegaba un autocar, una familia, un conductor equivocado; visto desde el hombre que fingía ser, todo aquello le pareció algo sin consistencia, confuso, algo que en realidad pasaba muy lejos de él. Sabía que el lunes iba a empezar de nuevo, que su apartamento, su oficina, la estación de autobuses... todo le esperaba en su sitio, inmóvil, al margen, como si nada de aquello estuviera pasando. O tal vez no. Tal vez si el hombre que vuelve ya es otro, el lugar al que regresa tampoco sea ya el mismo.

Pensaba en todo eso, y también en el muchacho llamado Davor, en la historia que le contó aquel chófer.

—... lo que pasó es que le gustaba demasiado algo que ya tenía dueño...

Eso es lo que había dicho y Andrés estaba seguro de que no podría referirse nada más que a Sara. Se preguntó qué es lo que habría pasado, qué es lo que había descubierto Lowell; dónde estaba Davor y quién era; si después de que lo echasen volvió a Yugoslavia o tal vez a Praga, a estudiar en la Universidad. Se preguntó si Davor era quien estaba al otro lado cuando Sara hablaba por teléfono. Él mismo había oído todas aquellas palabras, *aquí, nunca, imposible, dieciocho, entonces, para siempre,* y mientras estaba allí tumbado jugó con ellas lo mismo que si se tratase de armar un rompecabezas. Pensó que tal vez eran partes de algo parecido a: «Mi amor, te esperaré *aquí* hasta que vuelvas. No tengas miedo, *nunca* voy a dejar de quererte. Parece *imposible* que ya hayan pasado *dieciocho* días desde que Fran te echó y yo aún te note tan cerca... Pero muy pronto habrán pasado las suficientes cosas como para que puedas venir a buscarme, y *entonces* me iré contigo *para siempre*». O tal vez no: puede que esas palabras estuvieran dentro de «no vuelvas por *aquí nunca* o te mataremos...», «olvídate de mí *para siempre*», y otras frases por el estilo. O, lo que era mucho más probable: todo aquello no tenía nada que ver con Davor. Pero a Andrés eso no le importaba, porque en el fondo había ido allí para inventar una historia, algo capaz de convertirle en otro, de ser el primer paso hacia el sitio adonde quería llegar; estaba allí para que al volver a su propia vida todo hubiera cambiado, como siempre lo hacen las mismas cosas en manos de un hombre diferente.

Y luego estaba Sara. Se preguntaba cómo se vería el mundo con una mujer como ella al lado; era capaz de imaginarla en su apartamento, verla ir de un sitio a otro con un jarrón lleno de rosas blancas o encendiendo una vela, buscar en sus armarios un vestido, entrar en el cuarto, desnudarse en la oscuridad junto a él. Y lo cierto es que aquellas ideas le arrastraban a un punto con el que no había contado, a una posición imprevista, porque de algún modo, en lugar de convertirle en una persona nueva le estaban transformando en dos hombres distintos. Uno de ellos recordaba que aquello no era más que un paréntesis, un juego, que el lunes, cuando volviera a su oficina, a su casa, todo habría terminado. Pero el otro, no. Al otro, cuanto más se internaba en todas aquellas fantasías menos importante le iba pareciendo el mundo real, más lejos se sentía de él, como alguien que mira una ciudad desde la borda de un barco y la ve hacerse cada vez más pequeña, menos definida, cada vez menos suya. Ese hombre se encontraba a gusto en Santa Lucía, sin mirar ni hacia el pasado ni hacia el futuro, sino sólo alrededor; sin sentirse lejos ni echar nada en falta. Era igual que si el sitio en el que estaba ocupara poco a poco el espacio del lugar del que venía; igual que hacerse un castillo con las piedras de otro castillo, de forma que a la vez que uno de ellos iba creciendo el otro desaparecía.

En ese punto, Andrés hubiese dado lo que fuera por saber cuál era el resultado de la suma de aquellos dos hombres. Pero no lo sabía. Lo cierto es que no lo sabía.

11

Por las noches, aquél parecía el lugar más solitario del mundo. Y también el más vacío. Según iba oscureciendo, Andrés se dio cuenta de que las cosas, más que ensombrecerse se hundían: la pista de tenis, el depósito de gas-oil, la piscina, el pozo: todo quedaba como aplazado hasta la mañana siguiente, era una zona desierta, hueca, algo que se volvía nada más que una parte del sonido del bosque.

Había abierto otra vez las llaves de la cocina de gas y estaba sentado en la cama, notando aquel cansancio azul, la fuerza que se iba lentamente de él igual que un líquido derramándose, cuando escuchó pasos en la escalera. Alguien subía a la habitación de la torre. Abrió la ventana para que no quedara en el cuarto nada de ese olor dulce que le hacía pensar en pasillos de hospital, en flores pisoteadas. Llamaron a la puerta y un segundo después Fran Lowell estaba allí, con su aspecto de hombre que había corrido mucho antes de detenerse en aquel lugar, de hombre que había recibido los suficientes golpes como para disfrutar el hecho de mantenerse todavía en pie. Andrés vio que llevaba en la mano dos vasos limpios y una botella.

—Jack Daniel's —dijo—, una forma de matarse tan buena como otra cualquiera.

Se sentó en el sillón rojo, al lado de la ventana, y estuvo unos segundos en silencio, mirando hacia el solar vacío, como si él también se preguntara qué tipo de casa era el que alguien iba a hacerse allí. Luego, pareció recordar de pronto a qué había ido y entonces empezó a hablar de nuevo.

—Bueno, muchacho —dijo—, lo cierto es que tenemos la impresión de que he contratado a alguien, pero aún no sé a quién.

Abrió la botella de Jack Daniel's y llenó los dos vasos.

Andrés seguía toda la escena de una forma extraña, como si en lugar de pertenecer a ella sólo la mirase desde lejos. Pensaba en qué persona le interesaría ser en ese instante: tal vez alguien raro, amable, misterioso, rudo, tímido, excéntrico... Eligió misterioso.

—Supongo... ya sabe... puede que eso sea precisamente en lo que consiste: nadie conoce a nadie.

A Andrés le pareció una buena imitación, modelo James Dean en *Gigante*, o algo por el estilo. Pero en la cara de Lowell no hubo ningún cambio. De hecho, no pareció inmutarse.

—De acuerdo —dijo—, es posible que funcione así. Sólo que de entre toda la gente a quien no conozco usted es el único que vive en esta casa y trabaja para mí.

Por lo que podía ver, Lowell no era precisamente alguien a quien le gustaran los rodeos. Parecía, más bien, acostumbrado a la falta de preámbulos, a las palabras exactas y las líneas rectas. Pero, de cualquier modo, lo cierto es que no era eso en lo que estaba pensando Andrés: lo que intentaba era enterarse de si Fran Lowell y el boxeador de la foto del bar habían sido alguna vez la misma persona.

—Muy bien, Fran... Pregunte lo que... aunque espero que no sea mucho lo que quiera saber, porque yo no tengo demasiado que contar.

—Digamos que me conformaría con la parte de su vida que tiene que ver conmigo.

—Eso es lo más fácil: usted ofrecía un empleo y yo lo he tomado.

—Y ahora que ya es suyo, ¿qué es lo que piensa hacer con él?

A Andrés se le ocurrió que probablemente lo mejor sería detener la rueda justo entonces, bajarse en ese punto de aquella historia, no avanzar más, decirle a Lowell que todo había sido un error. O tal vez contarle la verdad: el periódico, la televisión encendida, los autobuses, el bloque de helado, los asesinos del bar Plaza Roja... Pero no lo hizo.

—Pues... supongo que lo primero será descubrir si éste es un lugar en el que quiera quedarme.

Lowell vació su vaso de un trago. Miró de nuevo hacia el solar. Después, volvió a la carga.

—¿Qué me dice del trabajo?

—No es muy distinto de cualquier otro: yo hago lo que me dice y usted me paga.

Andrés sentía una mezcla de excitación y miedo, se preguntaba hasta dónde podría ir a bordo de aquel personaje que estaba representando, y también si era probable que Lowell ya le hubiese descubierto. Y en lo que a él se refiere, tenía una sensación extraña: desde que se puso a imitar a James Dean se sentía como si de verdad fuese él *por fuera*. Se dio cuenta de que se trataba de algo físico, de que casi era capaz de sentir los ojos de Dean en el lugar en que siempre habían estado los suyos, y lo mismo la cara afilada, los pómulos, el pelo claro. Pero dentro, no. Dentro seguía siendo Unai. Ése era su verdadero nombre, Unai Gómez Arieta, nacido en San Sebastián el 13 de julio de 1964, auxiliar administrativo, soltero, residente en Madrid... Por supuesto, no olvidaba ninguno de esos datos; al contrario: hiciera lo que hiciera estaban todo el tiempo allí, en el fondo, como objetos apilados en un desván; pero también de una forma diferente, porque ya no tenían tanta importancia, porque al no morir junto a él en el bar Plaza Roja dejaron de ser todo para convertirse nada más que en una parte y ahora estaban más cerca de Unai que de Andrés, el hombre que leía a Conrad y a Baroja y a Thomas Bernhard, que dejó atrás su vida subiendo a un autobús. Andrés se dijo que se ocuparía de Unai a su debido tiempo.

—Mire —volvió a la carga Fran Lowell—, la cuestión es que si usted me dice lo que le interesa yo sabré lo que podemos ofrecerle.

—Pero... ya me explicó las condiciones: ciento cincuenta al mes, siete mil menos a la semana por quedarme con la habitación. De manera que... en realidad, supongo que todo está bastante claro.

Lowell se puso un poco más de Jack Daniel's y miró el vaso todavía lleno de Andrés encima de la mesa como si fuera algo que no sería capaz de explicarse ni en un millón de años.

—... Sí, eso es justo lo que yo pienso —continuó, después de acabar con el bourbon de un solo golpe—. Aunque... digamos que si el empleado nos parece mejor de lo que creíamos..., entonces las condiciones también pueden cambiar.

Andrés intentó salir de aquel círculo, llevar la conversación a alguna parte.

—¿Ha tenido muchos empleados aquí, Fran?

Lowell miró de nuevo hacia el bosque.

—Algunos, sí.

—Y... ¿qué pasó con ellos?

—Eh..., pues ya sabe..., tipos que vienen y van, gente de paso.

—¿Su mujer... —Lowell pareció sobresaltarse, igual que si hubiera oído un disparo— ...y usted llevan algún tiempo en Santa Lucía?

—¡Ah, eso...! Yo llevo aquí la mitad de mi vida.

—Fran, ¿puedo hacerle una pregunta?

—Puede que sí...

—He visto esa foto que hay en el bar. La del boxeador.

—¿Y entonces?

—Bueno... me preguntaba si es usted.

Lowell se puso otro vaso más de alcohol y esta vez fue bebiéndolo despacio, mientras miraba obstinadamente al suelo. Después, encendió un Fortuna.

—Pude serlo una vez —dijo—, pero al final... me quedé de este lado.

—¿De este lado de qué?

Fran Lowell le miró. Andrés se dio cuenta de que estaba decidiendo si era alguien que debiese oír lo que venía a continuación.

—De este lado de todo —dijo—: De las cámaras de fotos y de los puñetazos. En la parte que es más segura y menos bonita.

Ahora su voz era lenta, indecisa. Andrés pensó que por entonces Fran Lowell quizá ya sólo era responsable de la mitad de lo que decía y que del resto se ocupaba aquel otro tipo, Jack Daniel's.

—Tengo cuarenta y nueve años —continuó el dueño del hotel Santa Lucía—, y cuando hicieron esa foto debía de tener unos veintidós. Eso quiere decir que Toni Montevideo tenía veintiuno.

—Toni Montevideo es el hombre de la foto...

—Mi hermano. Toni Lowell. Toni *Montevideo* Lowell. Dígame, Andrés, ¿cuál es su edad?

—Treinta y dos.

—De modo que es... demasiado joven porque... En realidad ésta es una historia de los setenta.

—¿Su hermano fue un boxeador conocido entonces?

—Ya lo creo. Y tal vez podría haber sido mucho más que eso.

—¿Qué ocurrió?

—Urtain, eso es lo que ocurrió. ¿Sabe usted quién era Urtain?

—Claro. Un peso pesado. Se suicidó tirándose por la ventana.

—Justo. Y eso es lo que les pasaba a la mayoría de sus rivales: de pronto, era como si se hubiesen caído de un sexto piso. Un segundo estaban de pie, en la mitad del ring, pensando cuál era el próximo golpe que iban a dar, y el siguiente ya estaban en la lona. Por lo general, hasta que alguien se molestaba en contárselo no sabían ni qué les había pasado. Urtain era fuerte como una mula. Y muy famoso: cuando daban un combate suyo el país casi se paralizaba, la gente se ponía delante del televisor en sus casas y en los bares, invitaban a sus vecinos, los conductores echaban sus camiones a un lado de las carreteras para buscar la pelea en sus radios.

Andrés se acordó de aquellas noches, vio a su familia, sus padres, sus hermanos Kepa y Asier en el sofá amarillo, una televisión General Eléctrica Española en blanco y negro. Por algún motivo, todo eso le parecía algo relacionado con el verano, con el color de la playa, el ruido de las olas en una calle de San Sebastián, la luz de un barco...

—Y su hermano fue derrotado por Urtain.

—Bueno, tal vez *derrotado* no es una palabra que pueda explicar todo lo que le hizo.

Fran Lowell se detuvo y miró hacia la oscuridad. Luego, llenó otra vez su vaso. Daba la sensación de estar buscando todo aquello muy atrás en su vida, puede que en algún sitio al que hacía mucho tiempo se había prometido no volver. Mientras, Andrés se preguntaba si Sara aparecería en algún punto de aquella historia. Y también algunas cosas más: ¿cuántos años tenía? ¿Veintiocho? ¿Tal vez treinta? ¿Por qué estaba allí? ¿Cómo la conoció Lowell? ¿Dónde?

—Toni y yo habíamos empezado a boxear en Uruguay, que es donde vivíamos con nuestro padre.

—Y por eso le llamaban *Montevideo*.

—Sí, ésa era la razón. Supongo que entonces tendríamos alrededor de once o doce años. Nuestro padre nos llevaba a un lugar llamado Matadero Sur y allí luchábamos con otros chicos, mientras la gente apostaba. Además, los combates eran grabados con cámaras.

—¿Para qué?

—Había tipos que los compraban, gente extraña. Quién sabe.

Vació el vaso de bourbon. Andrés se preguntaba si Lowell quería ir a parar a algún lugar o si nada más estaba rodando por una pendiente. Intentó volver al principio.

—De modo que ha habido muchos antes que yo, trabajando aquí para usted.

Pero Lowell no pareció oírle, a juzgar por lo que dijo a continuación, a la vez que se levantaba, metía la botella de Jack Daniel's en un bolsillo de su americana y empezaba a caminar hacia la puerta.

—Mi padre era de Nueva York y mi madre de Cádiz. ¿Se imagina?

—¿Qué fue de su hermano?

—¿Mi hermano? Quién puede llegar a saberlo... Tal vez habría sido campeón de Europa.

Le vio bajar por la escalera de la torre con pisadas aparatosas, inseguras. Ahora parecía mayor, más frágil, como si de pronto, al recordarla, hubiera caído sobre él todo el peso de aquella historia. Al final, se dio la vuelta, le miró a los ojos como si buscase allí algo que era suyo y dijo:

—Créame: igual que una mula... Y él pudo haberse tirado, pero no lo hizo. Ése es el gran error. No lo olvide, muchacho. No olvide nunca tirarse a tiempo, porque ellos te golpean tan fuerte como tú les has hecho creer que podrías soportar.

Luego, se perdió en la noche.

—Vaya —se dijo a sí mismo Andrés—, justo lo mismo que yo había pensado.

12

A la mañana siguiente todo aquello ya no parecía real. Nada más despertarse, Unai recordó otra vez, paso a paso, cómo se había convertido en Andrés. Y casi no lograba creerlo. Aunque probablemente para entonces eso ya no le importaba, porque había descubierto un mundo en el que las cosas podían pasar y a la vez ser mentira, donde la verdad era sólo la suma de tantas historias como fueras capaz de inventarte. Se vistió mientras pensaba en eso. Se sentía desconcertado pero también fuerte, capaz de seguir luchando al mismo tiempo que intentaba descubrir contra qué.

Al otro lado de la ventana se estaba formando un día de aspecto limpio y frío, sin tormentas, sin nubes. Las cosas estaban de nuevo en su lugar: la piscina con agua de color verde oscuro, el letrero del hotel Santa Lucía, la moto en la que Davor dejaba montar a los niños, el surtidor, el pozo.

Andrés se sentía bien. Le gustaba mirar el bosque, las montañas, sentir que, en cierto sentido, era una parte de todo eso. Cerró los ojos y pudo mirar el panorama que se veía desde su piso de la Ronda de Atocha: un cielo solitario lleno de cables y humo, antenas, chimeneas rojas, terrazas cerradas, escaparates, un taller mecánico Rover, un bar, aceras sucias, alcantarillas. Se sintió como si en realidad ninguna de esas cosas estuviera allí *especialmente* para él.

Aún era muy pronto: las ocho y media, y Fran Lowell le había dicho que no empezase a trabajar antes de las nueve, de manera que se puso a leer. Miró hasta dónde había llegado con *La línea de sombra:* la página sesenta y cinco, cuando Joseph Conrad discute en el golfo de Tailandia con el segundo de a bordo, el señor Burns. Andrés recordaba muy bien la historia y los lugares en los que había ocurrido: el puerto de Singapur, el Palacio del Rey en Bangkok, el barco anclado en Vietnam junto a la desembocadura del río Mekong. Lo que había leído le pareció tan bueno que en la contraportada del libro había subrayado otras novelas de Conrad que iba a leer: *El agente secreto, La posada de las dos brujas, El corazón de las tinieblas.* A partir de ahora iba a ser ese tipo de hombre.

Pero, a pesar de todo, aquella mañana al final prefirió *El árbol de la ciencia.* Allí fue descubriendo quién y cómo era el verdadero

Andrés Hurtado: vivía muy cerca de él, en la calle Atocha, estudiaba medicina en la Universidad Central, leía novelas de aventuras y a Espronceda, pasaba las tardes estudiando la composición del nitrógeno o del cloro, mirando los tejados de la calle Santa Isabel y poniéndole a lo que veía nombres sacados de los libros que le gustaban: la torre de la cruz, el puente del gato negro y cosas de ese tipo. Unai pensó en algo que podría servirle: la manera en que Baroja usaba los nombres de las calles para que el personaje también pareciese real, alguien tan verdadero como todo lo que se supone que tenía alrededor.

Quedaba poco para las nueve cuando fue al jardín. Las luces del hotel estaban apagadas. De los rosales salía un olor espeso y rojo que, por alguna razón, le hizo pensar en el gas. Anduvo hacia el bosque. Dentro de él, bajo la sombra extraña de los árboles, le daba la sensación de estar muy lejos de cualquier cosa que no fuera aquel pinar profundo o el cielo entre las ramas que parecía un cristal partido; o aquella oscuridad que, bajo sus pies, cambiaba de forma con cada golpe de viento; o la montaña azul, llena de nieve, al fondo; o aquel sonido como de agua que se acercaba, de animal que se movía.

Avanzaba deprisa, lo mismo que si fuera a alguna parte. A lo lejos, al pie de la montaña, se veía una carretera, y en la cima un edificio. Se preguntó qué sería y empezó a andar hacia él. Pasó junto a una torre de vigilancia del Icona y al poco tiempo empezó a escuchar el río, a sentir también la humedad del agua que daba la sensación de ser algo helado y azul, algo que caía del cielo. Bajó una rampa y muy pronto estuvo en la orilla. Era un lugar solitario, un sitio donde a Unai —pensaba Andrés— le habría dado miedo estar solo. Se quedó allí un buen rato, mirando las filas de álamos y el agua de color esmeralda. Imaginaba a los chicos del bar Plaza Roja, al muchacho con el chándal Adidas apareciendo entre los árboles; los auriculares, las zapatillas verdes de lona. Luego cerró los ojos para poder sentirse todavía un poco más asustado al escuchar la hojarasca, un animal escondiéndose en alguna parte, el ruido de la corriente, todo aquello que parecía crecer y tomar forma poco a poco, acercarse despacio por su espalda, estar de alguna manera dentro de la humedad de aquel río que movía los árboles y atravesaba la piel, que iba buscando lentamente el corazón de los hombres perdidos.

Abrió otra vez los ojos y siguió andando colina arriba, hasta llegar al edificio de la montaña, que ahora, desde cerca, le parecía aún más grande, más solitario. Era una construcción de tres plantas casi oculta entre los árboles, con aspecto de casa abandonada, de sitio al que nadie pensaba volver; tenía un porche con bancos verdes de hierro y balcones de madera. Delante había una explanada que en algún momento debió de ser un jardín, una fuente llena de hojas caídas y musgo, con una pequeña estatua blanca de un ángel que tenía en la mano un puñal, algunos setos deshechos, una pérgola llena de maleza, un cenador, un estanque. Miró más atrás, hacia el bosque, y ahora le pareció un lugar misterioso, como siempre ocurre con las cosas que están cerca de una casa vacía. En la entrada, al lado de la verja, había una especie de garita y Andrés imaginó de pronto coches llegando en medio de la oscuridad, faros encendidos, un vigilante que enfocaba a los pasajeros con una linterna.

En el piso de abajo, a través de las ventanas, según iba dando la vuelta alrededor del hotel, vio una cocina con muebles pintados de rosa, una chimenea, un cuarto lleno de libros, dos sillones naranjas, sillas, lámparas, un comedor, una mesa con platos y cubiertos. A Andrés aquellas cosas le parecieron irreales, lejanas, igual que si estuviesen en otro plano, en un mundo que empezaba y terminaba en ellas mismas, a salvo de todo, ajenas al mundo exterior.

Ya eran algo más de las nueve, de modo que empezó a volver. Fran Lowell le había encargado ordenar aquella mañana el cobertizo que estaba bajo su habitación de la torre y caminó hacia allí intentando no tener nada más que eso en la cabeza: aún era un hombre que se llamaba Andrés Hurtado, un trabajador con un empleo en el hotel Santa Lucía que iba a cumplir con su tarea de ese domingo, que después de acabar con el cuarto de las herramientas comprobaría el combustible del depósito de gas-oil y tal vez luego se ocupara de las mesas del comedor. A fin de cuentas, estaba seguro de que el lunes, cuando volviese, Unai le estaría esperando. Y todo lo demás también.

Se acercó al ángel de la fuente. Estaba de espaldas a la casa y el puñal que tenía en la mano era un cuchillo de verdad. Se preguntaba por qué. Se preguntaba también, de forma incongruente, si habría alguna relación entre aquella estatua y que el edificio estuviera vacío. Lo sacó. Era fácil. Podría haberse quedado con él, pero algo le hizo pensar que era mejor no hacerlo. Lo puso otra vez en su sitio y se alejó de allí.

Mientras bajaba hacia Santa Lucía se acordaba del viaje en autobús, de la historia que iba contando Thomas Bernhard en *El sótano* sobre la época de su vida en que una mañana, de repente, dejó el instituto para trabajar en una tienda de ultramarinos. Bernhard descubrió que su familia, sus profesores, todos los que debían educarle no tenían ellos mismos ninguna salida, eran hombres débiles, arrasados, personas que miraban siempre hacia atrás para saber por qué razón no llegaron a ninguna parte, que intentaban buscar una explicación contemplando fijamente sus propias ruinas. Andrés se dijo que para él eso ya se había terminado.

Al acercarse al límite del bosque vio a Sara: estaba sola, fumando, con la espalda contra la valla de la pista de tenis. Tenía puestos unos tejanos y una camiseta blanca muy ajustada. Andrés hubiese jurado que miraba hacia la moto de Davor.

—Buenos días, señora Lowell —dijo.

Sara tardó un poco en darse la vuelta y luego estuvo mirándole unos segundos, antes de contestar, como si se preguntara quién podría ser aquel hombre y qué era exactamente lo que estaba haciendo allí. En ese tiempo, él estuvo pensando en una lista de palabras que le gustaban y en una manera de ponerlas juntas: desierto, cuchillo, rojo, diana, aviador, océano.

—Cómo va eso, Andrés. ¿Todavía no está harto de este lugar?

A la luz de esa nueva mañana sus ojos le parecieron aún un poco más hermosos, profundos y también inquietantes, del mismo color que el río y tan hipnóticos como él. Y lo mismo pensaba de todo lo demás: los labios pálidos y como aplastados, los pechos redondos y duros, el vientre liso.

—He estado... Supongo que conoce la casa que hay en la montaña.

—¿Es de allí de donde viene?

—Sí. Y lo cierto es que... me preguntaba qué es lo que podría haber pasado en aquel lugar.

Sara volvió la vista hacia la piscina y después le miró de aquella manera, igual que lo había hecho la mañana anterior en el bar, como intentando atrapar algo, descubrir un secreto, prever un golpe que se avecinara. Luego, se dedicó a fumar con lentitud durante un buen rato, con los ojos clavados en la línea del horizonte.

—¿En qué sentido? —dijo, al fin. Su voz sonaba como si hubiese una gran distancia entre ella y lo que decía.

—Quiero decir... la casa parece abandonada.

—¡Ah, se refiere a eso! Sí, creo que lo está desde hace algunos años.

—Aunque es curioso, porque... ¿Usted la ha visto? Es igual que si la gente que vivía allí hubiese salido sin saber que nunca iban a estar de vuelta.

Sara pareció interesada por aquello. Volvió a apoyar su espalda sobre la valla de la pista de tenis y encendió otro cigarrillo. Andrés vio la pequeña explosión del fósforo, la cara iluminada, los ojos verdes en donde hubo por un momento un brillo distinto, salvaje.

—¿Y qué es lo que le hace pensar que pudo pasar de esa manera? —preguntó la mujer de Fran Lowell.

—Pues..., la mesa servida en el comedor, los cubiertos, la habitación llena de libros...

Sara le miró con más atención aún.

—Es curioso —dijo—. Me refiero a que se llame usted así, Andrés Hurtado, como el protagonista de *El árbol de la ciencia*.

Unai tenía que pensar rápido. Básicamente, tenía que decidir en tres segundos si seguir adelante o pararse. Pero lo cierto es que lo único que le venía a la cabeza era la mitad de las respuestas que necesitaba y el doble de preguntas. ¿Sara le había descubierto? ¿Cómo? ¿Por qué? ¿Desde cuándo? A pesar de todo, decidió hacer un nuevo intento.

—Mire..., tal vez no se lo va a creer —dijo—, pero me da la sensación de que en el fondo me llamo así precisamente por eso.

—¿Se llama Andrés Hurtado por Pío Baroja?

—Digamos que... sí, de alguna manera... digamos que en cuanto leí el libro supe que ese hombre era yo.

—¿Y antes de eso?

—Antes de eso, era otro.

La mujer estaba cada vez más sorprendida. Por su parte, Unai se sentía como un pez en el agua dentro de aquella extraña mezcla de Thomas Bernhard y James Dean que se había fabricado.

—¿Otro, en qué sentido?

—Bueno, yo creo que uno siempre es otro en todos los sentidos.

—Puede que sí. Pero, con respecto a *El árbol de la ciencia*...

—... es igual que el resto: ves a alguien que te gustaría ser y lo que menos importa es si está dentro de un libro o fuera, porque... supongo que se trata de una clase de..., que sencillamente coges algo de lo que él tiene y tú no.

—Como pasar agua de una botella llena a una botella vacía...

—Sí, justo igual que eso.

Y entonces, por primera vez desde que la había visto, Sara sonrió y Unai se dio cuenta de que, curiosamente, al hacerlo parecía una persona mucho más triste.

—Puede que lo de aquella casa de la montaña fuera como usted imagina —dijo la mujer, mientras miraba de nuevo al horizonte—; puede que la gente que vivía en ella saliese de pronto una tarde sin saber que no iba a regresar, dejando atrás para siempre todo lo que tenían, alejándose de sus cosas como si no fueran a perderlas.

—Bueno, nadie sabe nunca lo que va a ocurrir; de hecho, la mayoría de la gente ni siquiera sabe qué coño es lo que ha pasado.

Sara volvió a reírse. Y luego volvió a ponerse seria. Tanto que él se dio cuenta de que era en broma.

—Oiga, Andrés, voy a decirle algo: usted no habla como si fuese el chico que barre las escaleras.

Unai pensó que tal vez ahora le preguntaría de nuevo por qué estaba allí, de dónde había venido, qué andaba buscando en realidad, quién era. Pero lo cierto es que aquella mañana la mujer de Fran Lowell no hizo nada de eso. En su lugar, acabó sin ninguna prisa el cigarrillo, miró hacia el cielo, probablemente —pensó él— buscando algún signo que anunciara la llegada de otra tormenta, y un segundo antes de darle la espalda y empezar a andar hacia el hotel, le dijo:

—Pero ¿sabe?, tiene mucha suerte: la mayoría de los hombres también quisieran no ser ellos, pero no saben cómo.

En esta ocasión, se dio cuenta de que Sara no estaba hablando ni mucho menos en broma.

13

Aquel domingo fue cuando Andrés supo que iba a matar a Fran Lowell.

El día pasó muy rápido y él hizo de una forma automática cada una de las tareas que le ordenaban: después de arreglar el cuarto de las herramientas subió diez o doce cajas de bebidas —Fanta, Sprite, Coca-Cola, cerveza Mahou— desde la cámara frigorífica del sótano hasta la barra del bar, limpió el porche, puso combustible a un par de autobuses, partió un poco de leña para la chimenea del comedor con un hacha del cobertizo y también quemó una montaña de hojas secas en la parte de atrás.

Pero en el fondo todo aquello le daba la sensación de estar pasando muy lejos de él, de ser algo que sólo ocurría en el lado de fuera de sí mismo; porque la verdad es que en su interior no avanzaba, se había quedado junto a la pista de tenis, al principio de la mañana, mirando el horizonte mientras Sara repetía una y otra vez: «Puede que lo de aquella casa de la montaña», «la mayoría de los hombres quisieran no ser ellos, pero no saben cómo», «alejándose de sus cosas igual que si no fueran a perderlas», «¿se llama Andrés Hurtado por Pío Baroja?», «la mayoría de los hombres quisieran no ser ellos, pero no saben cómo», «usted no habla como si fuese el chico que barre las escaleras», «puede que aquella casa de la montaña», «alejándose de sus cosas igual que si no fueran a perderlas». Él escuchaba todo eso interminablemente y también veía a Sara, sus ojos verdes y su sonrisa triste, la mano con un anillo azul, la camiseta ajustada.

Tenía que matar a Fran Lowell, pero no estaba seguro de por qué. Puede que sobrevivir a un crimen —pensaba— te convierta en un asesino. O puede que se hubiera dado cuenta de que la única forma de separar a aquel hombre de su mujer era que uno de los dos estuviese muerto: había en Sara algo de animal domado, de fiera que le teme a todo lo que no está dentro de su jaula; algo que le hizo pensar en lo distintas que podrían ser las cosas si la mayor parte de las personas no gastaran en esconderse la fuerza que deberían utilizar para huir.

Tampoco sabía cómo. Acabar con una persona no es fácil; se necesitan planes, alguna idea; no es suficiente con un cuchillo, una pistola, algo de hierro, un hacha. Unai se acordaba de *El cartero siempre llama dos veces*, de lo difícil que a John Garfield y Lana Turner les resulta liquidar al marido: primero, ella le golpea con un trapo lleno de bolas de acero cuando está en la ducha y el hombre sobrevive; después lo hace él, dentro del coche, con una botella vacía, pero acaba cayendo al precipicio mientras intenta empujar el automóvil. A Unai siempre le había impresionado mucho lo que no se ve en esa escena: el asesino y la víctima juntos en los asientos delanteros, tal vez golpeándose uno contra otro, rodando hacia la muerte en medio de la noche, carretera de la costa abajo, desde la cima de la montaña hasta el final del puerto. Eso es lo que veía Unai: a aquellos dos tipos que daban vueltas y vueltas y más vueltas igual que agua sucia colándose por un desagüe.

Pensaba eso tumbado en la cama de su habitación de la torre, mirando las nubes color cereza a la vez que avanzaba poco a poco por el libro de Baroja que Sara parecía conocer tan bien. Unai se preguntó por qué. Era su tiempo de descanso hasta que llegaran los primeros clientes a cenar y a esa hora el hotel Santa Lucía era de nuevo un sitio que no daba la impresión de pertenecer a ninguna parte: la piscina, el depósito de gas-oil, el Citroën estropeado y el resto de las cosas parecían aisladas, inmóviles, algo por lo que nadie iba a regresar nunca, igual que todo lo que pudo ver dentro de la casa de la montaña.

Al otro lado del jardín, vio a Fran Lowell acercarse a la furgoneta y trabajar un buen rato sobre el motor. Se preguntaba qué clase de vida es la que podrían llevar dos personas como Fran y Sara en aquel lugar al que ninguno de los dos parecía pertenecer.

Volvió a *El árbol de la ciencia*. El verdadero Andrés Hurtado acababa de aprobar su curso de Anatomía y ahora deambulaba por el verano de Madrid, iba a un bar de la calle Magdalena con dudosas cortinas verdes, al Jardín Botánico, a las terrazas de la Castellana, al Retiro; o leía novelas de escritores que Unai no conocía: Eugenio Sue, Montepin. En el fondo —pensó—, lo cierto es que ellos dos no eran tan distintos: personas que estaban muy lejos de todo lo que tenían a su alrededor; gente a quien no le importaba dar un paso tal vez equivocado siempre que los llevase lejos del sitio en el que no querían estar.

Fuera se escuchó el ruido de un motor y Unai pensó que, aunque aún era pronto, tal vez ya se acercaba algún viajero, pero lo que pudo ver al otro lado de la ventana, al lado del bosque, subiendo despacio por la carretera que llevaba hacia la montaña, fue la furgoneta azul de Fran Lowell. Supuso que al fin había logrado ponerla en marcha y ahora iba a probar su estado conduciendo hasta la casa de la colina.

Se imaginó que salía tras él, se le acercaba por la espalda, cogía el puñal de hierro del ángel de la fuente... Dejó en el suelo el libro de Baroja y fue hasta el hotel.

Sara estaba sentada en el porche, con un vaso de algo transparente en la mano, balanceándose en una de las mecedoras, sin mirar hacia ninguna parte, mientras la noche caía lentamente encima de ella con su amenaza de un mundo peor, más cercano y menos conocido.

—Sara... —dijo Unai. Nada más que eso. La mujer le miró al principio con cierta curiosidad, luego sin demasiado interés. Así, pensó, es como ella era siempre: el cincuenta por ciento de una cosa y otro cincuenta por ciento de justo la contraria.

—¿Qué es lo que le trae por aquí, *Andrés*? —dijo, pronunciando el nombre de esa forma que parecía significar: «Y sobre todo, no seas tan estúpido como para creer que puedes engañarme». El timbre de su voz era distinto al de hacía unas horas, más denso y más grave. Se preguntó cuánto llevaba allí bebiendo. Y también por qué.

—Es porque... Me preguntaba si alguna vez podría usar la moto de Davor.

La mujer tomó un poco de aquel líquido y luego le miró con una especie de desconcierto absoluto, igual que si estuviera intentando recordar quién era Davor, qué significaba la palabra *moto*, cómo había llegado ella hasta aquel lugar. A Unai le hizo imaginarse a alguien que miraba hacia abajo desde el borde de un abismo. Pero el desconcierto fue muy pronto sustituido por otra cosa, por algo —fuera lo que fuera— inflexible y duro.

—De manera que eso es lo que se preguntaba. ¿Me toma por imbécil? Mire, voy a decirle lo que pienso: en realidad no se llama Andrés Hurtado, nunca en toda su vida ha hecho un trabajo de este tipo, no ha venido aquí para quedarse. En resumen: es usted un mentiroso. O puede que algo mucho peor. Dígame una cosa: ¿Qué es lo que está realmente buscando?

Unai pensaba, otra vez, que probablemente lo mejor sería arrojar la toalla en ese punto, decir la verdad y acabar con todo aquel juego. Si lo hubiera hecho, esta novela no existiría y tal vez yo estuviese ahora mismo escribiendo sobre cualquier otra historia, pero al menos tampoco tendría por qué haber ocurrido nada de lo que vino después.

—Bueno, puede que sea algo mucho peor, pero no soy un mentiroso.

—¿Algo mucho peor como por ejemplo qué?

—Como una persona que se siente perdida en alguna parte y quiere salir de ella.

—¿Para llegar adónde?

—A un sitio distinto.

—Un sitio distinto algunas veces no es un sitio mejor.

—¿Usted lo sabe porque le ha pasado...?

Sara bebió un poco más. Igual que lo había hecho Fran Lowell la noche anterior en su cuarto de la torre. De esa forma desapasionada y terca en que lo hacen los que se sienten demasiado solos como para soportar todo el tiempo ser nada más que ellos mismos.

—Puede que sí.

—Entonces, a lo mejor sería capaz de enseñarme un par de buenos trucos.

La mujer volvió a sonreír de esa forma triste que lograba que su cara fuese lo más hermoso que Unai había visto jamás.

—Dígame, ¿le gustan las películas de Cassavetes?

—No... No lo sé.

—No lo sabe. Es lo mismo. Eran las favoritas de Davor. John Cassavetes. Decía que estaban hechas con ese tipo de cosas que te enseñan quién eres. En una de ellas un personaje le dice a otro: nunca te fíes de una persona que trata de enseñarte algo en lo que ella ya ha fracasado. ¿Me entiende? Ésa soy yo.

—¿Por qué se fue Davor de Santa Lucía?

—¿Quiere una razón? En la mayoría de las ocasiones no hace falta ni siquiera eso. ¿Por qué está usted aquí? Tal vez lo sabe y tal vez no. Supongo que básicamente es difícil encajar en los sitios.

Le pasó la botella de lo que estaba bebiendo. Andrés vio que era una cosa llamada José Cuervo.

—Dígame una cosa, Andrés: ¿no le da miedo toda esta historia?

—¿Qué quiere decir exactamente con «esta historia»?

—Ya sabe. Estar aquí y no en cualquier otra parte. Todo ese rollo.

—Bueno, yo estoy demasiado solo como para...

—¿Solo? ¿Qué tiene que ver lo que le he preguntado con estar o no estar solo?

—Imagino que para sentir miedo antes necesitas tener algo que perder.

—¿De verdad lo cree? Es curioso: a mí me parece que pasa justo al contrario.

Andrés bebió un poco de la botella de José Cuervo. Después, volvió a la carga.

—¿Qué me dice sobre usted? ¿De dónde viene? ¿Cómo llegó a Santa Lucía?

—¿Qué le hace pensar que voy a decirle algo sobre lo que sea? Aunque... Un momento

—hizo una pausa; encendió otro cigarrillo; tomó otro profundo trago de tequila; puso la botella sobre la mesa. Ahora sus movimientos parecían ahorrativos, perezosos—. De acuerdo. Hagamos un trato: si me cuenta algo de lo que no quiere que sepa de usted, yo le contaré algo de lo que usted quiera saber de mí. Sin mentiras. Eso es. Sin trucos y sin mentiras.

—¿Sin límites?

—Sin límites, hasta cierto punto —dijo, y los dos se rieron del contrasentido.

—Vale —contestó. A fin de cuentas, ¿qué es lo que podría él perder?

—De acuerdo. Para empezar, dígame si de verdad se llama Andrés Hurtado. Y, si no es así, cuál es su verdadero nombre.

Él miró hacia los árboles. Durante unos segundos, de ese modo en que la memoria establece vínculos extravagantes y asociaciones absurdas entre las cosas, algo le hizo recordar un invierno, cuando aún vivían en San Sebastián, en que su hermano Asier volvió al piso de la familia con una caja blanca en las manos. Dentro había un perro diminuto, que seguramente no tendría más de un par de semanas de vida. Pasaron toda la tarde a su alrededor, ocupados en oír la historia de cómo Asier lo había encontrado en una calle del puerto o intentando darle leche caliente con una cuchara. Pero al final sus padres le prohibieron quedárselo. Le preguntaron si sabía las enfermedades que un animal como aquél era capaz de transmitir; si se había parado a pensar en el dinero que costaba mantenerlo. La pelea duró varios días, hasta que un sábado su padre dijo que todo estaba arreglado, que se lo iba a dar a los trabajadores de unos astilleros. El lunes vendrían por él. El chico pasó todo el fin de semana con su perro. Se levantaba por las noches para ver si estaba bien, le hablaba en la oscuridad y ponía su cama cerca de la estufa para que no tuviera frío. Cuando llegó el lunes, dos o tres horas antes de que los hombres del astillero viniesen a buscarlo, volvió a meter a Yuma —ése es el nombre que le había puesto— en la caja blanca, fue hasta la playa y lo ahogó en el mar. Muchos años después, una mañana en que le había llamado por teléfono desde el banco, Unai le preguntó cómo era posible que hubiese hecho eso y Asier le dijo: «Bueno, supongo que pensé que si no lo mataba nunca iba a poder olvidarlo».

—Es fácil —oyó que insistía Sara, y el sonido de su voz, al sobresaltarle, hizo que Asier, Yuma, la caja blanca, los hombres del astillero, sus padres…, hizo que todo aquello desapareciese de pronto, igual que una bandada de pájaros asustados por una explosión—, sólo tiene que contestar sí o no.

—No —dijo.

—¿No qué?

—Andrés Hurtado. No me llamo así.

Después de eso hubo una especie de golpe, notó cómo algo que hasta entonces había sido irrompible se partía en su interior. Y es curioso: en lugar de sentir que era otra vez él mismo, sintió que no era nadie.

—¿Y entonces?

—Entonces me toca preguntar a mí.

—Pero todavía no me ha dicho cómo se llama de verdad.

—Ésa es su pregunta número dos. Y yo aún no he hecho la número uno.

—Muy bien —Sara bebió otro trago que a Unai le pareció demasiado largo de la botella de José Cuervo. Luego, encendió un tercer Marlboro—. Entonces... adelante.

—Cuénteme... de dónde viene, cuándo conoció a Fran, qué es lo que hacía antes de eso...

La mujer miró hacia la carretera, puede que con la esperanza de que Fran Lowell apareciese justo entonces en su Citroën azul. Pero Lowell no apareció y ella tuvo que empezar su historia.

—Hace algunos años... En realidad... puede que le cueste creer esta parte. Una vez conocí a un chico. Se llamaba Israel. Ése era su nombre: Israel Lacasa. Vivíamos los dos en una urbanización; ya sabe, uno de esos sitios con jardines verdes y un lago artificial y un embarcadero. Se supone que durante algún tiempo habíamos sido novios, o algo así.

—¿Novios o algo así?

—Bueno, ya me entiende, era una de esas relaciones de toda la vida en las que... de alguna manera una cosa va llevando a la otra y... al final no sabes muy bien cómo... Aunque... puede que la vida sea así siempre, algo extraño, parecido a nadar en la oscuridad.

—¿Qué pasó con Israel?

—Cuando su madre murió, Israel empezó a tener problemas.

—¿De qué tipo?

—Tal y como él lo contaba, parece que su padre empezó a maltratarlo de una forma salvaje. No le golpeaba ni nada de eso: era sólo algo mental, cosas del estilo de encerrarle por las noches en una torre a oscuras. Una vez me dijo que se había sentido como si él estuviese hecho de arena húmeda y su padre le fuera desmenuzando lentamente entre las manos. De modo que en cuanto pudo se largó.

—Se fue sin más —dijo él, repitiendo una frase que había leído en una novela policiaca—, lo mismo que desaparece un puño al abrir la mano.

—Sí..., eso es.

—Y no volvieron a verse.

—Sí, nada más morir el viejo, Israel apareció otra vez. Pero para entonces ya era una persona muy distinta. Se puso a vivir en un remolque aparcado en el jardín de su casa y a vender los muebles de su padre por la mitad del dinero que costaban. Él y un tipo llamado Gaizka hacían todo tipo de trabajos: descargaban camiones en el puerto, conducían un autobús, compraron una lancha para montar un negocio de submarinismo...

—Pero a usted eso...

—... y de pronto, Israel desapareció. Y todos pensamos que, simplemente, se había largado de nuevo. Hasta que un día, algún tiempo después, vino un hombre preguntándonos por él a Gaizka y a mí y a otro amigo nuestro al que llamábamos Blueberry.

—¿Un policía?

—No, no es policía. Es un novelista.

—¿Qué ocurrió entonces?

—Le contamos todo lo que sabíamos de Israel y con ese material escribió un libro llamado *Nunca le des la mano a un pistolero zurdo*.

—Y ese libro..., ¿hay algo en él...?

—Sí. En el último capítulo la historia está contada igual que si fuese el final de una novela de detectives, de tal manera que se suponga que si Israel desapareció fue porque cualquiera de nosotros tres pudo haberle asesinado.

—¿Y eso le hizo a usted daño?

—¿Hacerme daño? Supongo que no lo dice en serio. Voy a explicarle una cosa: la gente cree que si algo está escrito en un libro es porque es verdad.

—De manera que aquello lo cambió todo.

—La mayor parte de la gente que me conocía terminó por leer aquella novela.

—Y por creerse lo que puso allí aquel hombre.

—Yo no podría saber quién lo hizo y quién no, pero lo que si supe desde el principio es en lo que se convierte tu vida cuando te quedas sola a este lado, cuando tienes la sensación de que tú estás fuera y todos los demás dentro, mirando lo que haces, esperando que digas una sola palabra que pruebe que lo que quieren pensar de ti es cierto.

Su voz era cada vez más amarga, igual que si se hubiera ido adaptando poco a poco al sabor despiadado de aquel tequila.

—Así que usted salió huyendo de todas aquellas mentiras.

Sara miró otra vez hacia la carretera, pero Unai pudo notar que sus ojos no tenían nada que ver con el bosque, con el depósito de gas-oil o el pozo; que estaban observando algo que pasaba en otro sitio, hace mucho tiempo, muy lejos de allí.

—¿Sabe? Ojalá hubiera sido sólo de eso —dijo la mujer.

—¿Aún había algo más?

—Estaba lo peor. Estaba precisamente todo lo que no era mentira.

—¿A qué se refiere?

—Quiero decir en esa novela. Allí hay muchas cosas que le dije a aquel hombre y que cuando las vi unas al lado de otras..., no sé, supongo que al sumarlas dieron un resultado distinto del que yo esperaba.

—¿Un resultado sobre qué?

—Sobre todo. Por ejemplo, me di cuenta de que llevaba la mitad de mi vida intentando... ¿Sabe? Mientras corres dejas atrás cosas que nunca van a ser otra vez tuyas y... bueno...

Unai vio una oportunidad de que Sara le dijese justo lo que él quería oír: «Estoy aquí, pero éste no es mi sitio. Sigo casada con Fran, pero ya no soy suya». La tormenta volvió a empezar. La lluvia golpeaba furiosamente el porche. Unai pensó en la mujer que jugaba en la máquina del bar Plaza Roja, en las monedas cayendo al piso después de los disparos.

—¿Lo que dice es que, visto desde aquí, lo que perdió parece más grande que lo que ha ganado?

La mujer sonrió, de una manera cruel, como si se estuviese burlando de sí misma.

—Si quieres huir, quédate donde estás. ¿Sabe quién dijo eso?

—No.

—Yo. Fui yo. Se lo dije a Israel para que no se marchara, para hacerle entender que alguien que se aleja de su propia vida seguramente es alguien que no va a llegar a ningún sitio. Tiene gracia: él no estaba de acuerdo con eso y yo sí, pero al final ninguno de los dos me hizo caso.

A Unai le pareció que Sara era la persona más triste que nunca había encontrado. Estaba allí contemplando el bosque mientras bebía tequila y seguía contándole su extraña historia con aquella voz que era la que siempre tiene la gente que habla de un lugar al que sabe que nunca va a poder volver.

—No lo olvide —dijo la mujer de Lowell—: Buena memoria y malos recuerdos, ésa es la peor combinación que existe.

Pero él no la oyó porque se estaba preguntando si lo que contaba aquella novela sería verdad. Tal vez Sara era una asesina. Tal vez el hombre que escribió el libro lo había adivinado.

—Y después de eso —dijo al fin— conoció a Fran y llegó usted a este lugar.

—Más o menos. En realidad hubo algo antes.

Sara —que daba ahora la sensación de estar hablando sobre todo para sí misma— le contó que durante un tiempo estuvo casada con un hombre llamado Ariel. Que supo que se trataba de un error desde el primer día. Que estar con ese hombre le hizo sentirse aún más atrapada, aún mucho más sola. El extraordinario relato de ese primer día, tal y como a partir de entonces siempre lo iba a recordar Unai, imaginando una y otra vez cada gesto, cada palabra, cada uno de los pequeños detalles que mientras ella hablaba él había ido almacenando meticulosamente, era éste:

Hacía calor y estaba segura de que eran rosas. Aún seguía en la casa del lago, muy lejos de allí, pero lo supo por aquel olor pesado y rojo que le daba la sensación de irla empapando centímetro a centímetro, lo mismo que si entrara en un río oscuro y el agua le llegase primero hasta las rodillas, luego a las manos, después hasta el corazón. Abrió los ojos: Ariel había dejado las flores junto a la cama, encima de la alfombra azul. Al principio, durante unos segundos, no tuvo muy claro si es que había estado todo el tiempo en ese cuarto de hotel soñando con la casa del bosque, con la tormenta y los árboles amarillos o si tal vez aquella habitación, la nevera, el papel de la pared con pequeños leones, las lámparas con globos de cristal esmeralda eran el sueño y la casa del bosque era la verdad. Pero después fue recordando: estaba en una suite del Palace y era la mañana siguiente a su noche de bodas. Su cabeza se llenó de fragmentos del día anterior: el vestido, los coches, una tarta sin velas, los regalos —una maleta, un aspirador, seis copas de plata, una cubertería, una caja para tabaco—, la oscuridad que llegaba lentamente al jardín, que caía sobre la fiesta; y luego los faroles de papel, las conversaciones que parecían ser una parte de la noche.

Se levantó y fue hasta la ducha, preguntándose dónde estaba Ariel. Tal vez —se dijo— en el autobús, camino de la oficina. Abrió el grifo de la bañera y luego, mientras se llenaba, volvió a tumbarse. Le gustaba estar allí, con los ojos cerrados, inmóvil, escuchando el agua que caía sobre sí misma: aquel sonido frío, narcótico, profundo.

Imaginaba a su madre: estaría sola, probablemente en su terraza, tomando su desayuno de todos los días: té Prince of Wales, zumo de naranja, galletas Monarch Crackers con mermelada de ciruela. Luego, llegaba otra vez la imagen de Ariel, los ojos con que la miraba la noche anterior, sus manos; y después pensaba de nuevo en el sobre.

Aquélla era una vieja historia. Cuando tenía alrededor de nueve o diez años, una tarde en que sus padres habían salido al cine, mientras registraba el dormitorio, encontró un sobre: estaba en la parte de arriba del armario, en una de esas cajas redondas que sirven para guardar sombreros, y dentro había unos doce o catorce billetes. Se acordaba de que estuvo mirándolos mucho tiempo: eran casi todos iguales, de color violeta o verde. Volvió a ponerlos en su sitio, pero no pudo olvidarlos.

Un par de semanas después, otra de aquellas tardes de los sábados en que se quedaba sola en casa, fue de nuevo a la caja donde estaba el sobre. Bueno, primero tuvo que escuchar la discusión de siempre entre sus padres:

—No pienso dejarla aquí, ¿me entiendes? —decía su madre—. Puede haber... no sé, un incendio, un escape de gas, una inundación... —después guardaba un momento silencio, como para darle tiempo a ver lo que estaba diciendo: muebles en llamas, muros derrumbados, cristales rotos—. ¿Es que no te das cuenta? ¿Por qué te quedas ahí sin decir nada? ¿De qué te ríes?

Su padre estaba apoyado en la puerta, fumando un Chesterfield y mirándola como si lo que veía le diese lástima.

—Déjale apuntado el número de los bomberos.

—Pero... ¿no lo entiendes?

Al final, siempre se iban. Y lo cierto es que eso era justo lo que a ella le daba miedo, no el hecho de quedarse en la casa, sino que su madre no estuviera allí: pasaba horas imaginando una carretera apagada, un accidente de coche, una explosión, un crimen, algo que hiciera que sonase el teléfono en la oscuridad, que su padre regresara de pronto solo, en medio de la noche.

Es curioso —se decía aquella mañana del Palace, quince años después, mientras notaba, al respirar, las rosas de Ariel entrando en ella, colándose hacia su corazón igual que sangre por un fregadero—, pero de alguna forma aquello es lo que siempre creyó que las mantenía juntas a su madre y a ella cuando estaban separadas: el miedo, aquel miedo a lo que podría pasarle a la otra, a lo que iba a venir después de perderla.

El cuarto empezó a llenarse de vapor, a convertirse en un lugar borroso, submarino. El traje de novio de Ariel estaba tirado encima de una silla. Aún le recordaba la noche antes;

o mejor dicho recordaba a aquel otro hombre, el que le hablaba al oído igual que si vertiera dentro de ella, lentamente, palabras que parecían quemarse a la vez que eran dichas, que le hicieron pensar en trozos de carne puestos en aceite hirviendo.

Volvió a la historia del sobre: quince días más tarde, cuando lo abrió por segunda vez, vio que dentro había otros dos billetes. Se preguntó de dónde los sacaba su madre. Y también para qué los quería. Después de aquella segunda visita al escondite del dinero hubo una tercera, y luego una cuarta, una quinta... Y cada vez, el tesoro era un poco más grande.

Se levantó y fue a la nevera: al abrirla, casi pudo sentir cómo tocaba su piel aquella luz extraña que parecía venir de algún mundo vacío. Volvió a tumbarse mientras sonaba el teléfono. Era Ariel:

—¿Sara? —dijo—. ¿Estabas despierta? Oye, escucha: te quiero. ¿Cómo te sientes esta mañana? ¿Eh? ¿Qué me dices?

—Bien.

—¿Te han gustado las flores? ¿Las has...? ¿Las has puesto en agua?

¡Jódete, hijo de puta! —pensó ella. Pero en lugar de eso, dijo:

—Bueno... sí. Claro que sí.

Hubo un silencio. Por unos instantes, al otro lado de la línea, Sara pudo escuchar máquinas de escribir, pasos, ventiladores.

—Mira —siguió Ariel—, he hablado con esta gente y... no sé, aún no es seguro, pero creen que para octubre podrán darme vacaciones. Podríamos hacerlo entonces... ir a México. Desde luego que, ya sabes, me refiero a que sea un poco tarde...

Pero Sara ya no le escuchaba. Por algún motivo, mientras Ariel iba hablando, mientras se convertía nada más que en un ruido de fondo, ella volvió a pensar en aquella casa con la que había soñado, en la tormenta que caía sobre el lago y los árboles amarillos. Se acordaba de que era de noche y alguien se acercaba. Alguien que llevaba en la mano unas tijeras.

—Aunque también me han contado que podría ser Veracruz; o la playa de Acapulco y todo eso —dijo Ariel.

—No sé, puede que México no esté lo suficientemente lejos —le interrumpió Sara.

—¿Lejos? Pero... ¿qué quieres decir? ¿Lo suficientemente lejos de qué?

—Bueno, quién sabe. De todo. De nosotros dos.

Hubo otro silencio. Luego, Ariel dijo:

—Escucha, cariño... ¿Sara? ¿Te encuentras bien?

Con el tiempo, imaginó para qué estaba allí aquel sobre, se dio cuenta de que el dinero que su madre le ocultaba a su padre era el que iba a usar para alejarse de él. Y vivió durante años con eso, haciéndose una pregunta detrás de otra, sentada en la oscuridad, con los billetes violetas y verdes en la mano: ¿por qué su madre quería abandonar a su padre? ¿Dónde pensaba ir? ¿Cuando se fuese lo haría sola o la llevaría con ella?

—¿Estás ahí? —dijo Ariel—. ¿Sara?

Pero ella colgó. Se preguntaba qué habría ocurrido de verdad si su padre no hubiese muerto, si su Renault 18 no se hubiera estrellado contra un camión aquel mes de julio, en una carretera de servicio junto a la Nacional VI, cuando regresaba del trabajo. Porque después de eso todo fue distinto. Después de eso, su madre había cobrado la póliza del seguro de vida y una pensión mensual, se había convertido en aquella otra mujer que iba a un club del hotel California y leía novelas de Carmen Martín Gaite y Virginia Woolf, de Jean Rhys y Dorothy Parker; que era invitada a pequeños cócteles; que se apuntó a un viaje organizado para ir a Egipto; que desayunaba té Prince of Walles, zumo de naranja, galletas Monarch Crackers con mermelada de ciruela. Sara nunca supo cuál de aquellas dos mujeres era su madre en realidad. Ni siquiera estaba segura de si tal vez eso no la habría convertido *a ella* en dos personas distintas.

El teléfono empezó a sonar de nuevo. Miró el traje de Ariel sobre la silla. Se acordó de su voz suave, pegajosa. Cerró otra vez los ojos. El día antes, cuando la fiesta casi había terminado, mientras sus amigas regresaban al mundo que ella tenía la sensación de haber perdido para siempre, se acercó hasta donde estaba su madre, bajo los faroles chinos, sentada junto a los árboles.

—Mamá... quiero... Me gustaría saber algo.

—Adelante.

—Bueno, lo cierto es que... —Sara estaba un poco mareada— puede que te extrañe porque es sobre una cosa muy antigua. Se trata del dinero que tú guardabas... aunque te preguntarás cómo es posible que yo... pero, ya sabes, los niños van de un lado a otro, les gusta husmear por todas partes...

—¿Dinero? ¿Qué clase de dinero?

—No... sólo quiero que me digas una cosa. ¿Me hubieras...? Quiero decir si es que pensabas marcharte... ¿Me hubieras llevado contigo?

Antes de contestar, la miró de aquella forma, con un gesto de concentración o astucia, igual que alguien que intenta ver algo en el fondo de un río; de aquella forma que a Sara siempre le hacía sentirse transparente, indefensa. Luego empezó a sonreír.

—Claro que sí, cielo —dijo. Y después añadió—: Sea lo que sea de lo que estás hablando.

Pero Sara sabía que era mentira. Miró hacia donde estaba Ariel, hablándole a alguien que se iba de la fiesta, con una botella de Sprite en la mano. En realidad era muy fácil entender a su madre. Tal vez —se dijo— esa misma noche, en aquel mismo momento, ella también se habría largado, si hubiera sabido de dónde.

El teléfono seguía sonando. Sara miró hacia la bañera: el agua casi empezaba a salirse. Pero no le importaba. No le importaba en absoluto. Pensaba quedarse allí tumbada, viendo cómo aquel agua caliente lo inundaba todo, se extendía por la habitación, iba oscureciendo muy despacio la alfombra azul. Quería verlo. Nada más. Quería ver el agua arrastrando las rosas rojas de Ariel, llevándoselas lejos de su vida.

Al acabar la historia, Unai vio que Sara parecía exhausta. Estaba inmóvil en la hamaca, con la mirada fija en la pista de tenis y la botella de José Cuervo medio vacía en la mano. Durante un par de minutos ninguno de los dos dijo una palabra. Pensó contarle aquel episodio de su madre bailando en la cocina, pero no lo hizo. En lugar de eso, intentó poner de nuevo en marcha la conversación.

—Así que después encontró a Fran y vino a Santa Lucía —dijo.

—Supongo que se puede resumir de ese modo.

—Y... puede que esta pregunta... ¿Es feliz aquí?

—¿Feliz? Mire, ésa no es ninguna manera de medir las cosas. ¿A usted le gusta Hemingway? Yo creo que él encontró un... Pero bueno, eso es lo de menos. Hemingway decía que la diferencia entre escribir relatos y novelas es que en los relatos tienes que vencer a los lectores por KO. y en las novelas por asaltos. Yo creo que los matrimonios son como las novelas.

Unai colocó cuidadosamente el nombre de Hemingway al lado del de Cassavetes, lo mismo que si fuesen trozos del mapa que llevaba hacia el corazón de Sara.

—Fran parece un buen tipo —dijo.

—¿Pero?

—No... Lo único...

—¿La edad? ¿Es eso lo que le sorprende? Fran tiene cuarenta y nueve años y yo treinta y dos.

—No, no creo que se trate de eso.

—¿Entonces?

—Pues, quizás... —apartó los ojos de ella y se puso a mirar los escalones mojados del porche, para que viese que aquello era difícil para él, que le avergonzaba decirlo— es sólo porque ustedes dos parecen personas muy distintas.

—Lo somos, pero eso no tiene por qué ser necesariamente algo que empeore las cosas. Puede que lo mejor que todos podamos conseguir sea estar cerca de una persona que haya logrado hacer con su vida justo lo que nosotros no hemos logrado hacer con la nuestra.

—¿Eso es lo que piensa de su marido?

—Mire: conocer a alguien es saber qué precio ha tenido que pagar exactamente para convertirse en lo que es. ¿Y usted sabe en qué consiste todo esto? ¿Sabe que es como abrirse camino a puñetazos a través de un muro? Yo sí sé algo: sé lo que Fran ha tenido que correr para llegar adonde está.

Unai notó que Sara empezaba a ser incoherente. Decidió que era el momento perfecto para lanzar un golpe bajo, uno de esos que se dan mientras uno piensa: todo o nada, ahora o nunca.

—Y usted le respeta por eso —dijo.

—Sí.

—Pero la cuestión es que jamás ha logrado quererle. ¿No es así?

Ninguno de los dos podía creer que hubiese dicho eso. Unai se preguntaba cómo era posible que siguiera comportándose de aquella forma, igual que si estuviese dentro de una película, y no sabía la respuesta completa, pero en cualquier caso se alegró de todas aquellas noches de los fines de semana en su apartamento, sentado frente a la televisión con una Pepsi en la mano, después de que hubiera acabado uno de esos programas sobre desaparecidos, viendo cintas de los años cuarenta y cincuenta, aprendiendo la forma de hablar de Edward G. Robinson o Humphrey Bogart o Sterling Hayden sin saber que un día iba a usarla como si fuera suya.

En cuanto a Sara, pudo sentir que por un momento tuvo miedo, tal vez —decidió Unai— porque le hizo esa pregunta y ella podía contestar *sí* o *no,* pero no era capaz de saber cuál de las dos cosas era mentira. Aunque luego la sorpresa se fue disipando, el gesto de asombro que había atrapado su cara se evaporó y él pudo observar, paso a paso, cómo la mujer se reconquistaba con agilidad a sí misma, cómo la mirada arrogante tomaba el lugar de los ojos incrédulos y la sonrisa irónica volvía a ocupar el sitio de los labios entreabiertos por el estupor.

—Puede que sea así —dijo—, o puede que usted haya leído muchos libros y haya logrado olvidar muy pocos.

Unai se quedó callado. Ésa era otra de las cosas que había aprendido de los detectives de las películas, aquellos tipos que sabían cómo manejar una conversación, que siempre encontraban una manera de conseguir que el silencio estuviese de su parte y de algún modo, cuando al final hablaban, después de uno de esos espacios en blanco en que se oía un coche a lo lejos o una radio encendida o pisadas sobre la nieve o un fósforo; después de eso, cualquier cosa que dijeran parecía el doble de grande. Decidió abandonar aquella dirección y mirar hacia otro lado.

—¿Y qué me dice de la historia de Urtain y Toni Montevideo?

—¿Fran también le ha contado eso?

—Sí.

—¿No es cierto que parece increíble? Fran me dijo una vez que nunca ha podido dejar de ver a su hermano entre aquellas cajas del muelle de Nueva York. Es curioso... Me refiero a la manera en que funcionan las cosas: han pasado treinta años y jura que aún puede recordar un montón de detalles absurdos de esa tarde: una grúa de color amarillo, una motocicleta Triumph aparcada junto a unos barriles, un almacén del embarcadero con un cartel que ponía Auden, Williams & Co. Eso es siempre lo primero que ve. Y luego es cuando llega Toni Montevideo, con su chaqueta blanca y sus ojos que le hacen pensar en una casa vacía pintada de azul y su disparo en el corazón.

Unai notó que la palabra *disparo* dejaba tras de sí un agudo silencio; la pudo sentir dando vueltas dentro de él, acercándosele despacio en la oscuridad; la sentía encenderse y apagarse, una y otra vez, igual que una tormenta en un radar.

De modo que aquel había sido el fin del hermano de Lowell. Se preguntaba por qué Fran calló esa parte cuando hablaron la noche anterior. Pero el caso es que lo hizo y ahora él necesitaba una manera de hacerle creer que sabía toda la historia, para conseguir que ella hablara: la gente se vuelve mucho más sincera cuando te cuenta algo que cree que tú ya sabes.

—Es muy extraño todo lo que llegó a pasar —dijo—, desde aquellos combates del Matadero Sur hasta la tarde en el muelle de Nueva York.

—Y lo más raro es que los dos asuntos terminaran por ser partes de una misma cosa.

—¿En qué sentido?

—¿No lo sabe? El hombre para el que empezó a trabajar Toni cuando él y Fran volvieron a los Estados Unidos era uno de los tipos que apostaban en las peleas entre niños de aquel antro de Montevideo. Parece que en realidad nunca se pudo probar nada, pero la policía supuso que los trabajos que hacía para él no eran del todo claros... o que tal vez Toni cogió algo que no era suyo. Ya me entiende. El caso es que aquello, fuera lo que fuera, terminó por costarle la vida.

Hubo otra pausa. El olor de la lluvia era extraño. Los árboles se movían en la oscuridad.

—De manera que a Davor le gustaban aquella clase de cosas, Cassavetes y todo eso... Fran me contó que pensaba que tal vez era una especie de escritor.

Sara pareció otra vez desconcertada por el cambio de tema. Unai disfrutaba viendo el efecto que causaban en ella aquellos giros absurdos.

—Bueno, en realidad no lo sé a ciencia cierta. Pero, sí... Estudiaba literatura...

—... en Praga, ¿no?

—En la Universidad de Praga. Fue allí por un montón de escritores checos que le gustaban. Kafka, Bohumil Hrabal, Vladimir Holan, Seifert. ¿Ha estado usted en Praga? ¿No? Yo tampoco, pero la conozco muy bien. ¿No tiene de vez en cuando esa sensación?

—¿Cuál?

—Que no hace falta ir a un sitio para haber estado en él.

—Pues..., sí..., supongo que... —se detuvo un instante, saboreando por anticipado lo que iba a decir—, supongo que después de leer *La línea de sombra* uno ya no puede decir que no estuvo con Joseph Conrad en un barco.

La cara de la mujer de Lowell se iluminó. Y luego pareció apagarse de nuevo.

—Eso es —dijo—, justo algo así. Davor contaba un montón de historias: el cementerio judío donde está enterrado Kafka, con el suelo lleno de hiedra; o la mujer de Holan, que pagaba con poemas suyos en las carnicerías; o el café Slávie donde iba Jaroslav Seifert a escribir casi todas las tardes.

Y después de eso no volvió a decir nada más. Se quedó mirando hacia el bosque mientras fumaba otro Marlboro y bebía un poco más de tequila José Cuervo, hasta que empezó a escucharse a lo lejos el ruido de un motor y Unai supo que era aquel Citroën de Fran Lowell. Los dos se levantaron y él empezó a bajar las escaleras del porche. Veía los faros de la furgoneta, los árboles que iban apareciendo y desapareciendo carretera abajo.

—Un momento —oyó que decía Sara a su espalda.

—¿Sí?

—¿No cree que se le olvida algo? Aún no me ha dicho cuál es su nombre.

La miró primero a ella, profundamente, y luego otra vez al coche que se acercaba en la oscuridad.

—Guerrero —dijo—. Así es como me llamo. Andrés Guerrero. Lo odio por mi padre, porque no me gusta llevar nada suyo encima. Ésa es la verdad.

La mujer le observó atentamente.

—¿Sabe? —dijo—. A veces tengo la impresión de que aquel hombre todavía no ha terminado conmigo.

—¿Aquel hombre? ¿Qué hombre?

—El que escribió la novela. Ese hombre. A veces... Quiero decir que puede que ahora mismo esté aquí, que haya estado escuchando toda esta conversación.

—Bueno, no creo que eso sea posible. Y sobre todo —Unai sonrió— me imagino que nadie es capaz de meter un diálogo tan largo dentro de un libro.

—Créame: él sí.

—Y aunque lo hiciera... ¿Cómo habría sido capaz de encontrarla? Además... ¿por qué? Nadie tiene tan mala suerte dos veces seguidas.

—Tiene razón. No tengo muy buena suerte. Eso es justo lo que pasa. Lo contrario de la buena suerte es el miedo.

Unai fue a su cuarto de la torre y se sentó en el sillón rojo a fumar un Ducados, mientras todas aquellas palabras, todos aquellos nombres —Hemingway, Davor, carnicería, *Nunca le des la mano a un pistolero zurdo*, John Cassavetes, Nueva York, cementerio judío, Vladimir Holan, barriles...— seguían allí, en mitad de la noche, dando vueltas dentro de él, igual que mariposas atrapadas en una lámpara.

Abajo, Fran Lowell paró el motor de la furgoneta y fue hasta el hotel. Unai imaginaba que tal vez habría estado en la casa de la montaña. Se preguntó qué pudo haber hecho allí durante todo aquel tiempo.

14

Aquel lunes, Unai no volvió a su casa. Se había despertado muy pronto y salió del hotel de los Lowell cuando aún era de noche, un poco antes de las seis. A esa hora aquel lugar parecía deshecho, fantasmal, como un decorado a medio construir, y también más amenazador: el gas-oil le hizo pensar en un veneno, *pozo* era una palabra que siempre iba detrás de *ahogado*... Anduvo carretera abajo durante casi una hora hasta que llegó al pueblo y una vez allí se dedicó a deambular de un lado para otro buscando la estación del tren. Santa Lucía era un grupo de casas de montaña con muros de piedra y pequeños jardines donde pudo ver bicicletas desmontadas y gatos, columpios rojos de hierro y depósitos de agua, contraventanas verdes y una pala apoyada en un árbol y una veleta en forma de sirena. También había algunos comercios, un bar llamado Gran Casino, una plaza con un reloj blanco, un parque.

La estación estaba casi tan solitaria como todo lo demás, tenía el apecto de algo irreal, con las taquillas cerradas y un hombre que iba lentamente de un lado a otro de los andenes con una bandera roja en la mano. Unai vio que había un expreso para Madrid a las ocho y media. Y un Talgo a las cinco. Calculó que cogiendo aquel expreso podría estar en su oficina alrededor de las doce. De manera que aún le quedaba más de una hora para descubrir qué es lo que pensaba hacer. Porque lo cierto es que no lo sabía. Las opciones eran dos: quedarse o volver, pero detrás de cada una de ellas estaba un hombre diferente y él no era capaz de decidirse por uno de los dos. Unai era real, alguien con una historia a sus espaldas y un sitio al que ir, una parte del mundo que había a su alrededor. Andrés no era nada, su pasado sería cualquier cosa que pudiera inventarse, su futuro cualquier parte a la que fuese capaz de llegar. Unai lo tenía todo y Andrés no tenía nada que perder y él no estaba seguro de cuál de esas dos cosas era mejor que la otra.

Fue hasta el Gran Casino, un lugar con aspecto de almacén en el que un par de personas desayunaban mirando la televisión y había animales disecados por todas partes: un zorro, dos o tres ardillas, un águila. Al fondo, junto a una de las ventanas, vio un oso. Era enorme, negro como el infierno, y se preguntó si aún habría animales como ése en aquellas montañas.

El camarero se acercó a él. Apoyó las palmas de las manos en el mostrador —por algún motivo, eso le produjo a Unai una sensación de frío— y se quedó mirándole a los ojos, sin decir una sola palabra. Le pidió una Pepsi y un bocadillo.

—... pero esas dos noches las ballenas estuvieron tan cerca de la playa que la gente dejó sus balcones abiertos y muchos todavía recuerdan lo maravilloso que era dormirse escuchándolas —dijo alguien en la televisión.

Uno de los hombres del fondo de la barra se acercó a Unai. Tendría entre cuarenta y cinco y cincuenta años. Llevaba un mono de trabajo de color verde.

—¿Forastero? —le preguntó.

—Por ahora sí.

—¡Ajá! Un lunes por la mañana aquí no tenemos a muchos como usted. Quiero decir que éste es uno de esos sitios por los que la gente suele pasar de largo.

A Unai no le gustó aquel tipo; le parecía uno de esos que se acercan a la gente igual que si quisieran desenterrar algo dentro de ella. Sus pequeños ojos color tabaco eran inexpresivos y duros, parecían cristalizados y le daban una apariencia taimada.

—Y, dígame —continuó el hombre—, ¿tal vez piensa comprar una casa en Santa Lucía? ¿Tal vez ha encontrado ya algún trabajo?

—Tal vez.

Le observó con tanta intensidad que Unai tuvo que apartar los ojos. Su mirada recorrió el Gran Casino de parte a parte. Al final, se detuvo en el oso.

—Bueno —dijo, mientras observaba aquella fiera que daba la impresión de estar a punto de saltar sobre algo—, en realidad acabo de coger un empleo en el hotel Santa Lucía.

Pero por alguna causa, el hombre ya no parecía estar interesado en eso. Bebió un poco de la botella de cerveza que tenía en la mano y dijo:

—Apuesto a que el viejo Fran... Aunque supongo que da lo mismo... ¿Alguien le ha contado ya la historia de aquel oso y Guillén el Carnicero? ¿No? Bueno, por aquel entonces..., le estoy hablando de hace unos cincuenta años..., todavía quedaban algunos de ésos en las montañas, pero los cazadores furtivos... y también toda la gente que empezaba a venir por aquí los fines de semana, ya sabe, a pescar y... ¿puede imaginárselo?... yo creo que justo ahí es cuando se acabó todo.

Unai se fijó menos en lo que decía que en su extraña forma de hablar, saltando de una cosa sin sentido a otra, pero sin apartarse nunca de aquel tono hueco y uniforme en el que las palabras sonaban a algo metálico, igual que si las fuese dejando caer lentamente en un cubo.

—El bueno de Fran —dijo el hombre—, con su corazón roto. ¿Le ha contado algo de eso? Tres infartos en cinco años. ¿Se lo puede creer? Una vez me dijo que era como estar encerrado en una jaula con un león. Usted sabe... Los años van pasando y luego... Además, ¿para qué? Fíjese en esa historia que acabo de contarle sobre Guillén el Carnicero: tanto tiempo detrás de esa bestia y ya sabe cómo acabó. ¿Lo entiende? El tiempo, eso es lo que pasa, que el tiempo se te echa encima. Mi padre decía que es más fácil andar sobre el agua a los dieciséis años que atarse un zapato a los sesenta.

Unai salió del Gran Casino y fue de nuevo a la estación, buscó un teléfono para llamar a su oficina y cuando le contestaron dijo que algo no iba bien, que necesitaba un par de días para ir al hospital. Luego, mientras andaba por Santa Lucía empezó a pensar, sin saber muy bien por qué, en los viajes con su familia: iban a la costa de Asturias, en un viejo Ford pintado de naranja y de lo que se acordaba sobre todo era de los nombres de los ríos: Lena, Esva, Narcea... Y también de su padre, de la forma en que siempre estaba vengándose de las cosas: si en un restaurante no le atendían bien, antes de irse quemaba los manteles con un cigarrillo; si un hotel le parecía demasiado caro dejaba encendidas las luces de la habitación durante días, el televisor puesto, vaciaba las botellas de alcohol del frigorífico en el lavabo y las rellenaba con agua; incluso, una vez tuvo toda una noche abierto el grifo de la bañera. Aún recordaba aquella historia: él y sus dos hermanos, Kepa y Asier, con los ojos abiertos en la oscuridad, escuchando el agua que corría, una hora tras otra, implacable y helada, sin detenerse nunca. Unai estaba seguro de que ésa fue la primera vez que pensó en la muerte.

Ahora, mientras caminaba sin rumbo por Santa Lucía, se notaba extraño, en un estado de confusión absoluta, perdido en algún lugar al que no estaba seguro de cómo había llegado, en un sitio desde el que nada parecía real, ni siquiera sus propios recuerdos.

Compró un periódico para buscar noticias sobre el crimen del bar Plaza Roja: alguien había visto a los asesinos subir a un Seat Ibiza; la policía investigaba a grupos neonazis y también a la mafia de la droga; la munición empleada fueron balas del calibre 357.

Al rato, encontró una plaza con una fuente y pequeños comercios bajo los soportales: una papelería, un banco, una tienda de ultramarinos, otra de electrodomésticos. Le dio la impresión de que estaban llenas de cosas que no tenían nada que ver con la gente de Santa Lucía, de objetos pensados para los viajeros, las familias de los fines de semana, los veraneantes: radios, libros de bolsillo, cintas de cassette, ventiladores, latas de comida preparada, neveras portátiles. Compró un televisor Sony de 14 pulgadas con vídeo y cuatro novelas: *Diario del ladrón*, de Jean Genet; *El hechizo de Elsie*, de Patricia Highsmith; *Al otro lado del río y entre los árboles*, de Hemingway y *Últimas tardes con Teresa*, de Juan Marsé. También encargó *Nunca le des la mano a un pistolero zurdo* y preguntó por algunos de los escritores de los que había hablado Sara: Vladimir Holan, Bohumil Hrabal..., pero el tipo de la papelería no sabía quiénes eran. Luego, fue otra vez al Gran Casino y preguntó si había alguna manera de subir al hotel Santa Lucía, un taxi, algún autobús. El camarero le miró igual que una hora antes. Unai se fijó en que sus manos estaban de color azul. Volvió a la calle y empezó a andar por la carretera de la montaña buscando un punto de encuentro, una manera de convertir la suma de todas aquellas cosas en algo que él pudiese entender: el Seat Ibiza de los criminales, la estación de tren vacía, el oso del Gran Casino, el camarero con las manos azules, la llamada de teléfono a su oficina, el hombre que llevaba una bandera roja. Por eso Andrés compró aquel libro de Genet, no sólo para engañar a Sara, no sólo para apuntar alguna frase y decírsela en cuanto fuese posible y fingir que estaba a su altura, que él también era como Davor, el chico que le hablaba de Praga, que sabía que la casa de Bohumil Hrabal estaba junto a un río, que la mujer de Holan pagaba con poemas suyos en las carnicerías; no sólo lo compró por eso, sino también por aquella frase del principio: «Existe una relación estrecha entre las flores y los presidiarios». No estaba seguro de lo que significaba, pero para Andrés eso no era tan importante como para Unai lo habría sido.

15

Los lunes el restaurante estaba cerrado. Los clientes que había en el hotel tomaban el desayuno en sus habitaciones y si a media noche aparecía alguien nuevo Lowell le mandaba al Universal, un bar de carretera que estaba a un par de kilómetros y donde servían comida mexicana. El lunes también era el día libre de Andrés, y aquella mañana, cuando llegó a su cuarto de la torre puso el televisor Sony en marcha y estuvo leyendo trozos de los libros que había comprado hasta que se hizo de noche. También miraba de vez en cuando hacia el solar de enfrente, donde los obreros trabajaban en la casa, uniformados con monos azules y cascos amarillos de plástico: un hombre echaba sacos de cemento en la hormigonera, dos más iban de aquí para allá con grandes cubos llenos de pintura blanca, otro golpeaba algo de hierro con un martillo. Al final del día, vio un muro y una profunda zanja. Tal vez, se dijo, aquélla sería una buena forma de librarse de Lowell: cuando se dieran cuenta de que algo había pasado y empezasen a buscar, ya iba a ser muy tarde y Fran se quedaría allí para siempre, bajo aquella casa, dentro de un agujero lleno de cemento.

El primer libro que se puso a leer fue *Diario del ladrón*, pero aunque al principio, al ver aquella frase sobre los presidiarios y las flores en la tienda de Santa Lucía, se había interesado por él, muy pronto le aburrió aquella historia de mendigos que pedían limosna y robaban y se jugaban el dinero en partidas de cartas y dormían en hoteles miserables del Barrio Chino de Barcelona.

Luego abrió la novela de Hemingway y leyó cinco o seis capítulos. Empezaba con un hombre que iba a matar patos salvajes en un pantano. El cazador se ocultaba dentro de un tonel con dos escopetas mientras otro tipo rompía el hielo de la superficie del agua desde una canoa. Le gustaba el título, *Al otro lado del río y entre los árboles*, y también aquella historia del general norteamericano que había luchado en la guerra para defender Venecia sin llegar a ver nunca la ciudad hasta mucho después de la batalla y ahora iba allí desde Trieste, atravesaba en un viejo coche del ejército un puente sobre el río Piave hablando con su conductor de sitios como Cheyenne y Memphis, de un garaje en Rawlins, Wyoming o del lago Platte en Nebraska.

Al llegar la noche, Unai ya había leído también el principio de *Últimas tardes con Teresa* y una parte del libro de Patricia Highsmith. Y durante todo ese tiempo nunca dejó de mirar lo que pasaba en el jardín, de ver a Lowell poniéndole gas-oil a un autobús o a Sara fumando junto a los rosales. Se preguntaba por qué Fran no le había contado la historia del asesinato de su hermano en el muelle de Nueva York. Y también a qué se refería Sara cuando habló de los negocios sucios del hombre para el que trabajaba Toni Montevideo.

«Tal vez Toni cogió algo que no era suyo. Ya me entiende.» Eso es lo que ella le había dicho. Poco a poco, Unai fue dando vueltas a lo que le contaron Lowell y su mujer y muy pronto había construido su propia historia, un relato como los de los detectives al final de las películas, donde cada pieza encaja y todo lo que hemos visto tiene su explicación: el boxeador de la fotografía del bar —imaginó Unai— no es que fuese muy parecido a Fran, sino que *era* él; hace alrededor de veinte años, después de ser derrotado por Urtain, Toni Montevideo volvió a Estados Unidos y empezó a trabajar para uno de los hombres que compraban las grabaciones de las peleas entre niños del Matadero Sur; puede que se tratara de drogas o quizá de dinero sucio, pero el caso es que después de un tiempo Toni robó parte de la mercancía y cuando estuvo acorralado mató a su hermano Fran y se vino otra vez a España haciéndose pasar por él, buscó un lugar tan apartado como Santa Lucía y a una mujer tan preocupada por encontrar respuestas a su propios problemas que no fuese a hacerle demasiadas preguntas, como Sara; compró el hotel con parte del dinero que había robado en Nueva York y empezó otra vez desde cero.

Unai fue cambiando su historia a medida que recordaba algún detalle, para que pareciese verdad, ajustándola a lo que había visto, a lo que Sara o Fran le contaron. Decidió que por eso Lowell bebía Jack Daniel's de la forma en que lo hizo delante de él la noche del sábado: se trataba de alguna clase de justicia, de un modo de matar lentamente al asesino que él fue una vez. Por eso —se dijo Unai— tenía aquella foto en el bar, al otro lado de la barra, donde siempre pudiese verla: para no olvidarse nunca de Toni Montevideo, de aquel tipo que había matado a su propio hermano, que lo dejó en un muelle de Nueva York, rodeado de barcos y almacenes, caído entre unas cajas, cerca de una grúa amarilla. Aquel tipo que había matado al hombre que ahora él quería hacernos creer que era.

16

—Oiga, Andrés —dijo Fran Lowell mientras se acercaba—, si no tiene inconveniente me gustaría darle algunas órdenes para mañana.

Unai había bajado un poco antes al cobertizo y estaba allí con la puerta entornada, entre bombonas de gas y herramientas, sacos y cajas vacías, sentado sobre un bidón de cerveza, mirando la lluvia.

—Claro, Fran, lo que usted diga.

La tormenta había empezado al oscurecer. A Unai le gustaba el olor del jardín mojado, el ruido de los truenos, la forma en que todo parecía extraño y diferente en ese lugar que daba la impresión de no pertenecer a ninguna parte, de estar abandonado junto a la carretera, en mitad de la noche.

—La gente piensa que los hoteles son sitios tristes —dijo Lowell, olvidando por el momento las instrucciones que iba a darle y sentándose a su lado mientras encendía un Fortuna—, ¿y sabe por qué? Voy a explicárselo: porque aquí no tienen nada, sólo a ellos mismos.

¿Me entiende? Creo que eso es lo que les pasa: ven lo pequeños que son, lo lejos que están de cualquier cosa a la que poder agarrarse. Y entonces se asustan.

—¿De veras, Fran?

—Puede apostar que sí. Con los años me he enterado de que muchos hacen cosas verdaderamente raras en las habitaciones: algunos pasan horas buscando un escondite para su dinero, sus joyas, las llaves de su coche; miran en los barrotes de la cama, en la cisterna del baño, en la nevera, dentro de las lámparas; otros arrastran la mitad de los muebles del cuarto hasta la puerta, intentan... no sé, fortificarse o algo así.

—Lo mismo que si en el hotel hubiera un asesino.

Andrés lanzó el golpe y luego se puso a acechar el efecto que causaba en Lowell. Pero, como podría haber dicho uno de esos detectives que a él tanto le gustaban: fue igual que recitarle un poema de T. S. Eliot a una vaca muerta.

—Supongo que debe de ser algo de eso —dijo Fran, encogiéndose de hombros. Su cara continuó siendo indescifrable.

Los dos estuvieron un buen rato callados. Fumaban sus cigarrillos escuchando el ruido de la lluvia, que allí dentro, en aquel cuarto lleno de bidones y palas, de botellas vacías y herramientas sonaba a algo oscuro, maligno, a algo capaz de destruirlos. El que volvió a hablar de nuevo fue Andrés, metido otra vez en su papel de James Dean en *Gigante*.

—Oiga, Fran, le he estado dando vueltas a..., ya sabe..., aquella historia del boxeo, lo que le pasó a su hermano y..., bueno, el Matadero Sur y todo eso.

—De manera que le ha estado dando vueltas. Y dígame, Andrés, ¿ha conseguido algo de lo que andaba buscando?

—No, en realidad no es eso lo que yo... Lo único es que me preguntaba qué fue de su propia carrera.

—¿Mi carrera? Se la puedo resumir en..., déjeme ver..., ocho palabras: corrí mucho y no llegué a ninguna parte.

—Quiero decir como boxeador.

—Para eso también vale.

Desde luego, Lowell no era aquella noche alguien a quien se le pudiera sacar mucha información. Intentó ir por un camino distinto.

—¿Y qué fue de Toni Montevideo? ¿Su hermano aún vive en los Estados Unidos? Supongo que ustedes dos siguen... ¿Tal vez él se dedica todavía a algo relacionado con el boxeo?

—No, la verdad es que Toni hace algún tiempo que no se dedica a nada.

Rápidamente, por encima del tono contrariado y del gesto de impaciencia —los labios tensos, la mano que hizo un movimiento de desinterés o de hastío— con que Lowell le contestó, Unai sacó dos conclusiones de esa respuesta: Lowell tenía algo que ocultar y Sara no le había hablado acerca de su conversación de la noche antes, porque, de lo contrario, estaba seguro de que Fran le hubiese dicho: «¡Eh, oiga, a qué viene eso; mi mujer ya le ha contado lo que le pasó a Toni en un muelle de Nueva York!», o algo por el estilo. ¿Qué estaba pasando? ¿Es que era posible que, después de todo, lo que Lowell le ocultaba y lo que él imaginó haber descubierto fuesen al final la misma cosa?

—Escuche, Andrés: ahora tengo que marcharme.

Y Lowell empezó a caminar hacia el hotel. Le vio alejarse lentamente, bajo la lluvia, con su aspecto de boxeador olvidado. Se preguntaba si sería cierto que era un asesino, si quizá lo que antes quiso decirle es que huir no te lleva a ninguna parte, que por muy lejos que fuera cada paso que daba le mantenía a la misma distancia de lo que había hecho.

—Oiga, Fran: otra cosa.

El hombre se paró al lado de los rosales. Y al volverse, Unai pudo ver que en su cara había alguna clase de amenaza, un gesto que significaba: «Si yo fuese tú, tendría cuidado con lo próximo que vas a decir».

—¿...?

—Antes dijo que necesitaba darme algunas órdenes.

—Sí, tiene razón. Casi lo había olvidado. Mañana me gustaría que bajase a Santa Lucía. Sabe conducir ¿no es cierto? Entonces cogerá la furgoneta para traer unas cuantas provisiones. Le he hecho una lista de lo que necesitamos y también un mapa con la dirección de un par de almacenes donde tiene que ir por ello. Después bajará a la fábrica de cerveza Mahou que hay en la autopista. ¿De acuerdo? Lo mejor es que salga a eso de las ocho y media y esté de vuelta antes de las doce, porque a esa hora va a parar un autobús en el hotel.

—De acuerdo, Fran. Délo por hecho.

—Buen chico —dijo Lowell, y se perdió definitivamente dentro del edificio.

Unai subió a su habitación de la torre y estuvo todavía un buen rato escuchando el martilleo de la lluvia —que, sin saber por qué, le hizo pensar en algo rojo—, mientras imaginaba cómo aquel hombre al que iba a matar estaría en su cuarto, al lado de Sara, con los ojos abiertos en medio de la oscuridad, viendo una vez más aquella grúa en el muelle de

Nueva York, la motocicleta Triumph al lado de unos barriles, el cartel donde ponía Auden, Williams & Co.

Y luego, de pronto, Andrés se volvió hacia este lado y dijo:

—Y tú, si de verdad estás ahí, escribiendo todo esto... No importa dónde vayas. No importa dónde te escondas. Hagas lo que hagas, tú serás el siguiente.

17

Aquel martes Sara bajó con él hasta Santa Lucía. Cuando fue a coger las llaves de la furgoneta Citroën, vio que ella estaba dentro, con el radio-cassette encendido, escuchando un tipo de música que a Unai le hizo pensar en una factoría: sonaba a hornos, acero, cadenas de montaje. La mujer de Lowell llevaba los labios pintados de un color rosa pálido, una camiseta verde, una falda muy corta de tela vaquera, unas zapatillas de tenis azules.

—Tricky —dijo Sara—. Ahora es mi favorito. Dígame, Andrés, ¿le gusta a usted Tricky? ¿No es fantástico? Suena como caerte de cabeza en el infierno. También llevo encima a Beck. O tal vez prefiera algo más clásico.

—Oiga, Sara, he estado pensando en lo que me contó la otra noche —dijo Unai poco después, mientras bajaban por la carretera hacia Santa Lucía.

—¿De veras? En qué parte. Yo no estoy muy segura de recordarlas todas —por su forma de hablar, se dio cuenta de que ella prefería hacer como si aquella conversación nunca hubiese existido.

—Puede que un poco en cada una de ellas.

—¿Y entonces? —a la vez que decía eso, subió un poco el volumen del radio-cassette y encendió uno de sus cigarrillos Marlboro. Unai vio que también llevaba las uñas pintadas de rosa pálido.

—Pues... me refiero por ejemplo a la historia de la novela que escribió aquel tipo. Si cree que realmente él volvería a... quiero decir que... dígame quién es y dónde puede estar, para que vaya a buscarle y le enseñe a quién tiene que dejar tranquila.

Paró el coche ante una señal de Stop y se volvió lentamente hacia Sara. Si aquello hubiese sido *Tener y no tener*, *El largo adiós* o cualquiera de esas películas de Lauren Bacall y Humphrey Bogart ella se le habría acercado muy despacio y después hubiera puesto la palma de la mano en su corazón y después los labios de color rosa pálido... Pero la cuestión es que no lo era.

—Contésteme a una cosa, Andrés —dijo—: ¿Cuál de todos ellos es usted?

—¿Cuál de quiénes?

—¿Un camarero que lee a Pío Baroja? ¿El Errol Flynn local? ¿Un tipo al que le gusta cambiarse el nombre y hacerle preguntas que no debiera a la mujer de su jefe? ¿O un matón sacado de una película de James Cagney?

—Bueno, puede que...

—Mire, no pierda el tiempo. No corra porque no va a llegar a ninguna parte. ¿Me ha entendido? No se engañe, porque así es como están las cosas. De manera que, sea lo que sea, olvídelo. ¿Vale? Deje de darle vueltas. Puede que usted crea que tiene algo, pero yo no estoy buscando nada.

Unai acusó el golpe. De forma que por eso estaba Sara en aquella furgoneta, para poner las cosas en su sitio. No había ido allí para estar a su lado, sino para alejarse de él. Aunque, a fin de cuentas, ¿qué esperaba? Y además, en el fondo pensó que Sara había estado magnífica: era una mujer honesta, que intentaba luchar por cosas que ya no quería, sólo porque aún eran suyas; para ocultarse a sí misma que tarde o temprano terminaría por dejar a Fran Lowell. Seguramente no era cierto lo que había dicho. Seguramente así no era como estaban las cosas. Sara confundía el sitio al que había ido a esconderse con el sitio al que necesitaba llegar. Eso es lo que pensó él mientras estaban detenidos frente al Stop, en silencio, escuchando la lluvia que sonaba sobre el coche igual que monedas dentro de una lata, viendo la carretera brillante, los árboles mojados, aquel cielo de un impasible azul turquesa que le daba la impresión de ser algo inacabado y frío.

—No se preocupe —terminó la mujer de Lowell, ahora con un tono de voz mucho más amable—, es sólo que a veces las cosas crecen en una dirección equivocada, pero nada más que eso. Ni siquiera significa que tengan que ser malas.

—Tranquila. Lo único que intentaba decirle es que estaré aquí si me necesita. Eso es todo.

Sara le dejó ver una de aquellas maravillosas sonrisas tristes suyas.

—¿Sabe? Lo que pasa es que resulta difícil juzgar la vida de los demás. Sabemos en qué punto están, pero no las razones que les han llevado allí. ¿Me comprende? Hágame caso. No busque más. No se puede descubrir algo que no está escondido.

Unai intentó ir en otra dirección.

—A usted le gusta Hemingway. ¿Ha leído *Al otro lado del río y entre los árboles*? En alguna parte de esa novela el tipo dice, más o menos, que hagas lo que hagas es igual que estar en un combate, que siempre hay un último asalto, pero el problema es que tú nunca sabes cuál de los doce va a ser.

—*Al otro lado del río y entre los árboles* —dijo Sara, igual que si eso fuese capaz de explicarlo todo.

—Ya sabe, la historia del coronel del ejército norteamericano que tiene una novia en Venecia y él y sus amigos se reúnen en un bar llamado Harry's o van a los hoteles a tomar Campari y unos Martinis a los que llaman Montgomerys. La chica tiene diecinueve años y se llama Renata y odia a los soldados alemanes porque una vez vio a uno dispararle a las palomas de la plaza de San Marcos con un fusil. Al principio parece estúpida, pero luego ves que sólo se trata de alguien que confía en las mentiras que dice. Me refiero a..., por ejemplo, toda esa conversación tonta de enamorados, cuando están comiendo langosta en el Gritti y hablan del mariscal Rommel y de Dante. Todo eso es muy hermoso, les gusta precisamente porque no les parece verdad. Así que siguen adelante, pueden ir todo lo lejos que quieran sin arriesgar nada, como si sus verdaderas vidas estuviesen completamente a salvo de cualquier cosa que llegaran a hacer. De modo que, de alguna forma, cuanto más se engañan más confían el uno en el otro. Para ellos es mucho más importante lo que quieren oír que lo que es cierto. Me acuerdo de cuando ella planea tener cinco hijos y mandarlos a estudiar a los cinco rincones del mundo y él le pregunta: «¿Tiene el mundo cinco rincones?»; y ella le contesta: «No sé. Pero cuando lo he dicho sonaba como si los tuviera».

—Vaya —en los ojos de Sara había admiración y también respeto—, a eso sí que le llamo yo meterse en un libro hasta el fondo. Antes sólo había visto algo así en... bueno, la verdad...

—¿Aquel tipo, Davor?

—Sí... No me diga cómo, pero...

Esperó a ver si añadía: «Y, por supuesto, Fran», pero no lo hizo. Así que había dado en la diana. «En cuanto sepa todo lo que Fran no tiene sabré todo lo que ella está esperando.» Imagino que algo así es lo que debió de decirse en aquel momento a sí mismo. De hecho, me parece probable que ésa fuera la razón por la que nunca antes había sentido por otra persona lo que ahora sentía por Sara: ¿quién le necesitó jamás de ese modo? Estaba seguro: nadie. Por eso los odiaba, profundamente, a cada uno de ellos, en el fondo de su corazón. Odiaba a todas esas personas seguras y fuertes, inalcanzables al otro lado de las murallas de sus vidas. Las odiaba porque no tenía nada que darles. Pero entonces, aquella mañana de Santa Lucía, sentado junto a Sara en el Citroën azul de Fran Lowell, no pensaba en eso. Al contrario, estaba con tento, orgulloso de todo lo que pudo sacar de las treinta o cuarenta páginas de Hemingway que había leído. Del respeto con que ella, por unos instantes, le había mirado. Luego pensó que era el momento de cambiar otra vez de sitio.

—Escuche: ayer estuve hablando con un hombre en el Gran Casino. Me dijo algo sobre el corazón de Fran.

—¿Un hombre? ¿Qué hombre?

—No sé, un tipo extraño. Me contó varias historias al mismo tiempo. Era difícil seguir lo que decía. Hablaba de gente que venía aquí a pescar, de alguien llamado Guillén el Carnicero.

—¿El del oso?

—Justo.

—Fran me ha contado esa historia. Es algo que ocurrió hace como un millón de años. El tipo vivía en otra ciudad, lejos de Santa Lucía. Cerca de las casas había un río y en las montañas aún quedaban algunos osos. Parece que a partir de una época, en los cuarenta o algo así, paraban por allí muchos cazadores, iba demasiada gente a pescar, creo que truchas y todo eso, hasta que al final los osos, por lo visto, se quedaron sin comida y entonces empezaron a bajar por las noches a las casas para buscar en los cubos de basura. La gente los oía desde sus camas y tenía miedo.

—Menuda combinación: osos hambrientos y gente asustada.

—Bueno, si se para a pensarlo todas las combinaciones son más o menos así: otra cosa y gente asustada. El caso es que los hombres empezaron a subir al bosque con sus escopetas y fueron acabando poco a poco con los osos, hasta que no quedó nada más que uno.

—Que es el que está en el Gran Casino.

—Eso es. Aquel hombre, Guillén, era el carnicero del pueblo. Había ido allí muchos años antes desde Barcelona y vivía en una casa cerca de la montaña, con su mujer, Marta, y un hijo que se llamaba Marià. Parece que se obsesionó con esa fiera a la que nadie había conseguido dar caza. Casi todas las mañanas de los domingos iba con otros hombres a la montaña y casi todas las noches el animal que no habían atrapado bajaba otra vez a la ciudad. Un día, Guillén puso veneno en un tarro de miel y lo dejó como trampa para el oso, pero Marià lo encontró...

—¿El niño?

—Sí. Y ya puede imaginarse... La cuestión es que Guillén pensaba que el culpable de la muerte de su hijo era aquel oso, de manera que siguió persiguiéndolo de forma enloquecida; cerró su negocio y se hizo vendedor: iba de un lado a otro, tras el rastro del animal, con una maleta llena de relojes Certina, Omega, Citizen, todo eso. Pasaba horas y horas explorando las montañas, semanas poniendo trampas en los bosques, noches enteras apostado junto a un río. A veces llamaba a su mujer: «Marta —le decía—, sé que va a ser hoy, sé que hoy lograré matarlo». Pero ella estaba segura de que una vez más se equivocaba. Dicen que la persecución duró varios años.

—Y al final se vieron las caras en las montañas de Santa Lucía y ¿quién mató a quién?

—Los dos. Cuando los encontraron en el bosque, el oso tenía un cuchillo de carnicero en el corazón y cerca de Guillén estaba su maleta abierta, con tres o cuatro docenas de relojes en marcha dentro. No sé por qué, pero siempre me ha impresionado el detalle de los relojes. En fin, es posible que no se trate nada más que de una vieja historia. Quién puede saberlo.

—Y después, alguien mandó disecar al oso y lo llevó al Gran Casino. Supongo que el que lo hizo cree que esa historia significa algo.

—Sí, bueno, supongo que a su manera todas las historias significan algo.

—Eso es lo que creía mi padre.

—¿Aún vive?

—No, él... —dijo, y se detuvo para buscar desesperadamente algo que a Sara le gustase oír—. Recuerdo que tenía una de esas agendas Myrga, ya sabe, las que llevan escrita la fecha, el santo del día y una sentencia de alguien: 10 de enero, San Gonzalo, «dadme un punto de apoyo y moveré el mundo» (Arquímedes). Para él, todo eso era como... no sé, imagino que una forma de andar en línea recta o algo así.

—¿Por qué?

Se tomó su tiempo antes de contestar, preguntándoselo a sí mismo mientras fingía concentrarse en las maniobras de una vieja camioneta que avanzaba laboriosamente bajo la lluvia, delante de ellos. Por supuesto, era él quien tenía aquella agenda en el banco, quien cada mañana, antes de hacer ninguna otra cosa, tal vez dominado por un hábito supersticioso, abría las tapas de cartón verde y estudiaba con atención cada una de esas frases.

—Pues quizá fuera un modo de... no estoy muy seguro..., pero la cosa es que cada mañana, mientras desayunábamos, nos explicaba la idea que el calendario trajese aquel día: «Lo que tiene precio, no tiene valor» (Nietzsche); «nada hay tan inevitable en este mundo como la muerte y los impuestos» (Benjamin Franklin); «la cadena del matrimonio pesa tanto que es preciso ser dos para llevarla y, a menudo, tres» (Alejandro Dumas). ¡Santo cielo! Era igual que si te metiesen la cabeza dentro de una lavadora. ¿Puede hacerse una idea de lo que para un chaval de nueve años significa un desayuno a base de Cola-Cao, galletas Fontaneda y Benjamin Franklin?

Sara se rió ahora con ganas.

—¿Y qué es lo que se supone que ustedes sacaban de todo eso?

—Que me cuelguen si lo sé. No, en serio, mi padre siempre decía que lo único importante... que la única manera de mantener bajo control las cosas es descubrir lo que significan. Y..., bueno, los sábados, por ejemplo, le gustaba llevarnos a alguna librería de segunda mano para comprar una novela o... lo que fuera, poesía, teatro, cualquier cosa. O ir a una exposición.

—¿Le gustaba la pintura?

—No. No eran de esa clase de exposiciones, sino alguna que tratara sobre, no sé, la vida de los emperadores en Roma, el Egipto de Tutankamon..., la historia de los volcanes.

—¿Volcanes?

—Sí. Podías enterarte de que el Mont Pelée mató a treinta mil personas en la Martinica y el Nevado del Ruiz a veinticinco mil en Colombia. Aún me acuerdo de todos esos nombres: el Katmay en Alaska, el Santa Elena en Estados Unidos.

—Vaya. Casi da miedo oírlo.

—Sí —dijo Andrés—. A mí también me lo daban todas esas historias: sarcófagos, faraones, momias, ciudades devoradas por la lava... Puede que con cada exposición supiéramos una cosa nueva, pero también estábamos cada vez más asustados.

Hizo otra pausa, intentó acordarse del terror que sentía cuando era aquel niño que se estaba inventando y pudo reconstruir una de esas noches en que las pesadillas le despertaban; se vio yendo de un lado a otro de la casa, en medio de las sombras, desde la habitación que compartía con sus hermanos hasta el dormitorio de sus padres —una mujer rubia, un hombre alto y delgado— y luego hacia el cuarto en el que estaban aquellas novelas que compraban en las librerías de segunda mano y también, por alguna razón, una bola del mundo, una mesa blanca, la foto de una pirámide. A Unai le pareció increíble la forma en que Andrés era capaz de recordar cada pequeño detalle lo mismo que si hubiera pasado de verdad, como si el hombre que fingía ser tuviese su propia memoria: la esfera del globo terráqueo se iluminaba por dentro con una pequeña lámpara; en el cuarto de los libros siempre hubo dos sillones azules; al otro lado de la ventana se veía una iglesia abandonada.

—... aunque supongo que entonces hubiese sido imposible dejarlo —oyó que decía Sara.

—Sí —contestó él, sin saber de qué hablaba, volviendo desde aquella casa al coche de Lowell—, estoy seguro.

Fuera, la mañana había cambiado. Ahora estaba hecha de edificios solitarios y coches vacíos y un horizonte turbio con densas nubes de color cobalto.

—Pero, sobre todo, no lo olvide: suceda lo que suceda, no haga nada que a Benjamin Franklin no le hubiese gustado.

Eso último, Sara lo dijo ya desde fuera de la furgoneta, riéndose. Se había bajado en Santa Lucía, en aquella pequeña plaza llena de comercios y soportales donde Unai compró los libros y el televisor Sony. Estaba apoyada en el techo del Citroën, con su falda vaquera corta y la camiseta verde tan ajustada como era posible y encima un impermeable abierto, dejando que la lluvia le cayese encima. Unai casi pudo sentir el agua empapando la tela, las manos que se enfriaban lentamente, que iban volviéndose azules como las del camarero del Gran Casino, los pechos que se mojaban poco a poco al otro lado de aquella camiseta, dentro del sostén. Y cuando le dijo adiós, habría jurado que vio un brillo especial en aquellos maravillosos ojos es-

meralda que eran como un imán, como un cuchillo, como una red.

—Es mía —se dijo, mientras la miraba
alejarse a través de la tormenta—. Dios sabe que
ya es mía.

18

Créanme: si hubiera sido capaz de parar a Unai, hace ya algún tiempo que lo habría hecho. Pero la cuestión es que cada vez era más difícil y los dos lo sabíamos. Sin embargo, aún no iba a rendirme.

Aquella mañana, cuando dejó a Sara en la plaza mayor de Santa Lucía, pensaba volver al hotel para matar a Fran Lowell. Yo ya sabía cómo: primero, entraba en la misma tienda de electrodomésticos que el día anterior y le pedía al dependiente algo que no tuviera allí: una radio estéreo, una estufa de gas, cualquier cosa, y después le decía que iba un momento «aquí al lado» por, quién sabe, el periódico, cigarrillos, lo que fuese, mientras el otro le buscaba los modelos que podrían encargarle en dos o tres catálogos distintos —Philips, Telefunken, Sanyo—, las características de cada uno, sus precios. La siguiente escena del crimen era el Citroën llegando deprisa, bajo la lluvia, por la carretera de la montaña, hasta el hotel; pensaba aparcar en el jardín trasero, decirle a Fran que la furgoneta estaba otra vez averiada, que había dejado en la fábrica Mahou toda la mercancía: el pescado, las botellas, las cajas de carne, la comida congelada...; entonces, mientras Fran revisaba el motor, se acercaría a él, lentamente, por la espalda... Estaba seguro de poder hacer todo eso en unos quince minutos. Luego pensaba ir todo lo deprisa que pudiera hasta Santa Lucía mientras la lluvia se encargaba de borrar sus huellas, encargarle una de las radios del catálogo al dependiente de la tienda de electrodomésticos, tomarse una Pepsi en el Gran Casino y coger de nuevo la autopista, ir a los almacenes a por lo que Lowell le mandó la noche antes, hablar con tanta gente como pudiera... Al final de la mañana, tendría por lo menos a dieciocho o veinte personas dispuestas a jurar haberle visto en alguna parte que no era el lugar del crimen.

Pero yo no escribí sólo eso y así logré salvarle la vida a Fran, al menos por aquel día. En vez de esa historia, después de que Unai saliese de la tienda de electrodomésticos, cuando ya iba por la carretera, a través de la lluvia, mientras me daba cuenta de que con cada metro que avanzaba aquel coche Lowell estaba un metro más cerca de su muerte, puse algo más en cada uno de sus pensamientos: alguna duda, confusión, un poco de miedo.

—Mientras esté en Santa Lucía —se dijo— seguiré siendo un hombre invisible: nadie sabe cómo me llamo, cuál es mi verdadero aspecto, de dónde vine; en el hotel no he firmado nada, no he puesto mi firma en ningún sitio.

—Sin embargo, la policía hace preguntas, husmea por todas partes, establece relaciones, encuentra pistas, ata cabos sueltos... Tendrás que darles tu verdadero nombre y entonces se preguntarán por qué razón lo habías ocultado. Y además, ¿qué diría Sara? ¿Era posible que no sospechase nada?

—Pero mis coartadas son buenas, los testigos...

—Sí, puede que sea de ese modo, aunque ocultar un crimen seguramente no es fácil, piensa en los pequeños detalles: un poco de sangre en tu ropa de trabajo, las ruedas del Citroën marcadas sobre el jardín, tus huellas dactilares en alguna parte...

—Quizá... Aunque si Fran Lowell muere, Sara va a estar muy sola y yo soy capaz de ir llenando ese vacío, leer todos los libros de los que a ella le gusta hablar, ver todas las películas; adivinaría quién es el hombre con quien siempre soñó y me convertiría en ese hombre. ¿Y sabes qué creo? Voy a decírtelo: que una persona a la que le das lo que estaba buscando es una persona que es tuya. Así de fácil —añadió, sonriendo—: Primero le robas todo lo que tiene, luego le das todo lo que necesita.

—Tal vez eso pase si Lowell muere, si su corazón falla de una vez por todas. No sería difícil, con tanto whisky, con tanto tabaco... ¿Pero si es asesinado? ¿Imaginas lo grande que va a hacerse de esa manera Fran? ¿Qué es lo que vas a tener entonces? ¿Un mártir? ¿Es contra eso contra lo que piensas luchar? Ahora está ahí, es un blanco al que podrías darle, a veces acierta y a veces da pasos en la dirección equivocada, comete algunos errores, es del mismo tamaño que tú, está en el mismo juego de todo el mundo, con sus defectos colgando de él como murciélagos en un túnel. No lo olvides: tal vez ahora todavía tengas alguna oportunidad. Pero cuando sea tan grande ya no podrás vencerle.

Al final, dio la vuelta, bajó otra vez hasta Santa Lucía, encargó una radio Telefunken de dos altavoces en la tienda de electrodomésticos, hizo una llamada telefónica a Lowell para preguntarle si necesitaba alguna otra cosa de allí y luego fue a los almacenes donde le había mandado y a la fábrica de cerveza de la autopista. Pero durante todo ese tiempo, mientras cargaba en la furgoneta cajas de carne y de verduras, fruta, botellas que iba apuntando en una libreta —cinco de ginebra Bombay, diez de Larios; dos de tequila José Cuervo; diez de coñac Veterano, dos de Centenario Terry, dos de Gran

Garvey, dos de Carlos III; una de ron Havana; una de anís Marie Brizard; diez de Martini rojo y dos de blanco; cinco de whisky Dyc, dos de Four Roses, una de Jack Daniel's, una de Jim Beam...— y paquetes de pescado congelado, no podía dejar de pensar en Fran Lowell, en la manera de librarse de él sin perder a Sara. Pero en cualquier caso, estaba seguro de haber aprendido mucho del error que estuvo a punto de cometer y de que ya no lo iba a repetir: no quería más precipitaciones, más dudas, más movimientos en falso.

—A partir de ahora —se dijo— será de otra manera: algo lento, implacable, igual que demoler un muro con un mazo.

Y mientras tanto, mientras él conducía hacia el hotel de Fran Lowell, yo me preguntaba si realmente la próxima vez también iba a conseguir detenerle. Porque ahora la historia estaba en otra parte, donde Unai la había llevado. Él y aquel otro tipo, Andrés... En cuanto a mí, ni siquiera estaba seguro de en qué la habían convertido y ésa era una buena cuestión, porque imaginé que tarde o temprano, cuando todo esto acabase, en un programa de televisión o una comida de prensa con reporteros o una emisora de radio, cuando yo tuviese la obligación de fingir que todo esto no había sido desde el principio nada más que un juego, entonces, sin duda, alguien iba a preguntármelo.

—Pues... —me dije—, supongo que... algo así como una especie de mezcla entre Stephen King y Peter Handke.

Ojalá fuese verdad. Ojalá hubiera sido sólo eso.

19

A la mañana siguiente, Andrés le pidió a Fran permiso para usar la moto de Davor, telefoneó al único taller mecánico de Santa Lucía y el sábado aquella vieja Ducati 250 ya estaba en marcha. El lunes bajó con ella a Madrid.

Aquellos cuatro días, desde que estuvo a punto de matar a Lowell, los había pasado mirando a Sara mientras desembalaba algunas mercancías o barría el comedor o echaba gasoil a los autobuses que paraban en el hotel, hasta memorizar cada uno de sus movimientos: la forma en que levantaba los brazos para atarse el pelo rubio con una goma a la espalda; el gesto con que a veces se quedaba observando el horizonte; su estilo al atender una llamada, con el teléfono rojo en una mano y la otra en la cadera, volviéndose de cara a las vitrinas, mirando con sus ojos verdes hacia las filas de botellas del bar —Gran Garvey, Jim Beam, Marie Brizard...

De algún modo, Sara parecía habérselas ingeniado para evitarle desde aquella conversación dentro del coche, camino de Santa Lucía.

Le daba algunas órdenes, le pedía ayuda para mover unas barras de hielo o unas cajas de refrescos o un barril de cerveza, pero por mucho que él se le acercara, ella parecía estar siempre en el mismo punto: a un millón de kilómetros de allí. Además notó que, incluso cuando estaban a solas, había vuelto a hablarle como antes de su conversación en el porche, como si él no fuera el hombre que había estado con ella en el jardín. Como si entre los dos hombres que creía que era hubiese tenido mucho cuidado de elegir al que estaba más lejos de ella.

Por las noches y en los descansos que Fran Lowell le daba a lo largo del día, a la hora del almuerzo, después de comer, a media tarde, sentado en el sillón rojo de su cuarto sobre el cobertizo, con la televisión encendida, mientras observaba de vez en cuando cómo los obreros iban construyendo pacientemente la casa sobre el solar, cavaban una zanja o levantaban un muro, Unai acabó la novela de Hemingway y fue leyendo partes de *La línea de sombra*, *El sótano*, *Diario del ladrón*, *Últimas tardes con Teresa* y el libro de Baroja. A Patricia Highsmith la dejó para otro momento. Juan Marsé y Conrad le gustaban mucho, y también *El árbol de la ciencia*, pero Genet y Thomas Bernhard le aburrían. Sin embargo, los utilizaba lo mismo que a los otros, avanzaba cautelosamente a través de ellos, como una fila de soldados a través de un pantano, apuntando frases en una libreta, ideas, datos que pudiese utilizar en su próxima conversación con Sara: el cocinero del barco de Conrad que se llamaba Ransome y estaba enfermo del corazón, igual que Lowell; o la escena de *Últimas tardes con Teresa* en que, al hacerse de día y ver el uniforme de Maruja encima de una silla, el Pijoaparte descubre que no ha dormido, como pensaba, con la hija de los dueños de la mansión, sino sólo con su criada; o unas palabras de Bernhard que dicen: «El hombre no ama la libertad, todo lo demás es mentira».

Pero los días iban pasando y Sara no le daba ninguna oportunidad, de modo que se le ocurrió aquella idea de ir a Madrid, cruzar la ciudad en aquella Ducati, vestido con la ropa de motorista de Davor que le dejó Lowell, ver cómo era su propia vida sin él, mirarla desde el otro lado, desde dentro de aquel hombre que llevaba una cazadora roja, un casco Cromwell de aluminio, unos guantes Harley Davidson; mirar de qué forma se notaba su hueco en la ciudad donde ya no vivía, en las calles de alrededor de su casa, de su trabajo; en los sitios a los que tal vez nunca iba a volver: un pequeño supermercado de la plaza de Santa Ana, un restaurante japonés de la calle Echegaray, una tienda de discos cerca de la Gran Vía con los Beatles pintados en el cierre metálico del escaparate, la estación de autobuses...

Llegó a Madrid por la Nacional VI. Era una sensación extraña, ir acercándose lentamente por la autopista, entrar en la ciudad a esa hora en que nunca la había visto, por la mañana y en medio de un día laborable, en el momento en que él siempre estaba en su oficina con las manos llenas de billetes rojos, detrás de un cristal blindado, sonriéndole a un desconocido, con la cabeza llena de cifras, fechas, direcciones, códigos.

Dejó atrás Moncloa, el Foster's Hollywood de Princesa donde muchas veces había cenado —hamburguesa de un cuarto de libra, salsa roquefort, patatas inglesas, ensalada de col—, fue avanzando por la plaza de España y la Gran Vía, dejando atrás edificios, comercios, lugares que ahora le daban la sensación de no ser suyos, de no estar construidos alrededor de nada que le perteneciese: el Holiday Inn, los cines —Coliseum, Palacio de la Música, Capitol, Imperial—, el hostal Buenos Aires, la calle San Bernardo, la cafetería Nebraska, el hotel California, los almacenes Simago... Al pasar por Callao estacionó la Ducati en la calle Preciados para ir al FNAC, compró un disco de Tricky, un libro de Vladimir Holan llamado *Dolor*, mi novela *Nunca le des la mano a un pistolero zurdo* y varias cintas de vídeo de John Cassavetes: *Noche de estreno, Sombras, Una mujer bajo la influencia, El asesinato del corredor de apuestas chino.*

Después, fue a la calle Hortaleza, llena de joyerías, pensiones, casas de empeño; compró un anillo de platino con una pequeña esmeralda para regalárselo a Sara y condujo otra vez hasta la Gran Vía, pasó junto al Círculo de Bellas Artes y giró hacia su derecha. Cuando el tráfico se detenía, observaba los tejados, las estatuas de ángeles, pegasos, dragones y diosas que parecían luchar silenciosamente, como peces debajo del agua, en la interminable batalla del cielo, mientras abajo continuaba una vida hecha de autobuses rojos y mujeres con bolsas y hombres acostumbrados a no mirar nunca hacia arriba y comercios vacíos.

Iba de un lado a otro con la impresión de que nada era idéntico a como él lo recordaba, pensando en Sara cada segundo, como si de alguna manera la forma de aquella mujer, su nombre, los ojos verdes, la falda corta, los pechos redondos y duros, el cuello blanco, las manos inquietas, el pelo recogido a la espalda estuviesen añadidos a todo lo que veía, fueran una parte de cada edificio, de cada detalle: el jardín del museo Thyssen Bornemisza y Sara, la fuente de Neptuno y Sara, una camioneta amarilla de Correos y Sara, dos tipos gordos saliendo del hotel Palace y Sara, un grupo de árboles y Sara, una sirena de policía y Sara, la plaza de las Cortes y Sara.

¿Por qué aquellos tres días ella le había evitado? Puede —se dijo— que estuviera asustada. Puede que cada vez que le mirase viera todo lo que Fran no tenía y eso le daba miedo. No era capaz de adivinar qué, pero algo había pasado: notaba a Sara más y más y más lejos, la sentía distanciándose de él poco a poco, imparablemente; notaba que sus ojos no eran los mismos, que ahora ya no querían echarte una red, sino huir de ti. Y todo eso le hizo mucho daño. Tanto que el jueves ya estuvo a punto de regresar, dejarlo todo, convertirse de nuevo en el hombre del que había escapado, Unai Gómez Arieta, nacido en San Sebastián el 13 de julio de 1964, auxiliar administrativo, residente en Madrid; incluso, Andrés volvió a aquel juego con el gas, a tumbarse en la cama de su habitación de la torre y abrir las llaves de la cocina hasta notar que la fuerza se escapaba de sus manos, que su sangre se iba volviendo azul, caliente, dulce...

Y entonces es cuando lo encontró, cuando pudo ver que aquello era justo lo que estaba buscando. Desde ese momento, desde que se dio cuenta de lo fácil que era, fue matizando el plan, sin prisa, día a día, escrupulosamente, como quien cava una tumba, como quien afila un cuchillo. Luego, se dijo que para ir hasta el final era necesario estarse quieto, que a veces la mejor manera de atrapar a alguien es esperar a que llegue hasta el sitio en donde le estás esperando. Eso es lo que iba a hacer: una noche, tarde o temprano, Fran Lowell iría a su habitación, con una botella de Jack Daniel's y alguna historia que contar. Él le diría que llevaba tiempo notando un problema en la cocina y Lowell comprobaría las llaves, dejaría sus huellas por todas partes. Después, iba a permitir que hablase, que vaciara un vaso y otro y después otro más, que aparecieran de nuevo la pelea entre Toni Montevideo y Urtain, el hotel Santa Lucía, la vuelta a Nueva York, el Matadero Sur... En algún momento, abriría la llave del gas y saldría con cualquier disculpa de la habitación. Y en ese punto, no quedaba nada más que esperar. Con suerte, cuando volviera a subir a la torre, Fran ya estaría muerto.

El resto era fácil: sólo le quedaba limpiar sus huellas de la única llave que él había tocado y declarar, sencillamente, que no sabía nada, ni qué llevó a Lowell a su cuarto, ni por qué iba a querer matarse, si eso es lo que hizo, o cómo ocurrió aquel accidente, si eso era lo que había pasado; lo único que él sabía era que Fran Lowell apareció aquella noche allí y le ordenó, quién sabe, digamos que recoger algo en el restaurante o cargar unos bidones de cerveza vacíos en la furgoneta Citroën.

—Aunque... —ensayaba una y otra vez Unai, mientras Andrés se ocupaba de las herramientas o limpiaba los parabrisas de un autobús o ponía un par de lavadoras en el sótano— lo cierto es que ordenar... bueno, ésa no es la palabra, porque el señor Lowell era tan..., ya saben, cualquiera con quien hayan hablado se lo habrá dicho: «Por favor, si no tiene inconveniente, sería usted tan amable...». De ese modo es como él lo empezaba todo...

Sin embargo, Fran Lowell no fue por su habitación aquella semana. Pasaron la noche del miércoles, la del jueves, la del viernes y el plan de Andrés para matarle le quemaba las manos, parecía irle invadiendo centímetro a centímetro, hacerse espeso y sólido dentro de él, poco a poco, igual que cemento secándose en un cubo.

Un día, la tarde del jueves, cuando estaba en su cuarto leyendo *La línea de sombra*, mientras el viento seguía sin soplar en los mares de China y condenaba al barco de Joseph Conrad a no escapar nunca de la isla de Koh-Ring, a permanecer en aquella agua enferma e inmóvil, Fran le llamó desde el jardín.

—¡Eh, oiga, Andrés! Le invito al Universal. Ya sabe a qué me refiero —bromeó—: Usted y yo, tequila y comida mexicana. ¿Qué me dice?

A Unai le gustó mucho el sitio: era un restaurante construido al borde de la autopista, con una terraza cubierta llena de plantas, cuencos de fruta en las mesas y rancheras sonando suavemente por unos altavoces. Comieron frijoles negros y quesadillas, tacos y crema de cuitlacohe, burritos y chile, tortillas de maíz con cordero y guacamole. Cuando acabaron con todo eso, se sentían como un par de anclas viejas en el fondo del mar. Además, Fran tomó alrededor de ocho o diez botellas de cerveza Corona. Pero ni siquiera entonces daba la sensación de haber tenido bastante.

—Mezcal de Oaxaca —dijo—. Desconfíe de la gente que no termina una comida mexicana tomándose un buen mezcal de Oaxaca. Nada de Gusano Rojo y toda esa mierda. Auténticas hojas de maguey destiladas. A granel. Ya me entiende.

Pero Unai no sabía de qué le estaba hablando. Bebió el mezcal. Empezó a sentirse mareado.

—Cada vez que lo tomo me acuerdo de un entrenador que tuvo Toni en Nueva York —continuó Lowell—, un puertorriqueño llamado Ray Valencia que siempre decía: «Me encanta esta basura; sabe como una patada en el culo de un mono».

Los dos hombres rieron. Andrés no perdió la oportunidad de pasar al ataque.

—El otro día no terminó de contarme qué fue de Toni Montevideo. Me refiero a lo que pasó después de la pelea con Urtain.

—Se equivoca: ése era el final. Después de la pelea con Urtain ya no volvió a pasar nada.

Pudo ver de nuevo en su cara aquella expresión amenazante, aquellos ojos grises que te estaban diciendo: si quieres ahorrarte problemas, ándate con cuidado.

—Era un buen tipo aquel Ray Valencia —siguió Fran—. Y un buen entrenador. Sabía cómo manejarte dentro de un ring. Estuvo treinta años en el negocio y cuando ya había recibido tantos golpes de toda clase que probablemente uno más le hubiese mandado al otro mundo y tan poca pasta que no tenía ni dónde caerse muerto, se fue a California a trabajar... adivine de qué: ¡de jardinero! ¿No tiene gracia? Oí decir que el empleo se lo buscó un pez gordo de la mafia de los apostadores. De modo que allí estaba el bueno de Ray, conduciendo cada mañana desde las afueras de Los Angeles hasta Beverly Hills, ya sabe, todas esas casas de dos millones y medio de dólares con piscina y gimnasio, sauna y chicas desnudas en el pasillo; se ocupaba del césped, los rosales y esas cuestiones, y parece que ganaba algo así como el doble que en el gimnasio, pero —Fran Lowell bebió su segundo mezcal y pidió el tercero— cuando le echabas la vista encima podías ver que estaba tan hundido como si se hubiese caído en un agujero. Aún me acuerdo de la última vez: estábamos en Nueva York, en uno de esos garitos de la calle Doce, un club llamado Shooting Star, y le dije: «Caramba, Ray, tienes buen aspecto». Y él me contestó: «No, no lo creo». Y yo le dije: «Conque no, ¿eh?». Y él me contestó: «¿Sabes, Frankie? Ni siquiera te lo imaginas. Es igual que si ya fuera el día después, pero tú aún estuvieses ahí».

A Unai no le importaba la historia de Lowell. Y en cuanto a Ray Valencia, podía irse al infierno.

—¿De veras, Fran? ¿Y qué es lo que pensaba Toni Montevideo de toda esa... —dijo. Pero el otro no pareció oírle.

—... y luego vino el asunto de los caracoles. Dígame, Andrés, ¿le he contado ya eso?

—No.

—Bueno, aquello era Los Angeles, pero de todos modos había habido una buena época de lluvias ese año y los jardines de Beverly

Hills se llenaron de caracoles; de modo que los empleados de diez o doce de aquellas casas se pusieron de acuerdo y se dedicaron a coger todos los que les fue posible y después... supongo que los guisarían o algo así. Imagínese, una olla entera de esa mierda. Bueno, el caso es que aquello fue más de lo que el viejo estómago de Ray Valencia pudo soportar.

Unai iba recordando toda esa conversación mientras avanzaba con la Ducati de Davor hacia su casa, cruzaba por los lugares de siempre lo mismo que si ahora fuesen distintos: iba a la izquierda por la calle Cervantes, a la derecha por San Agustín, a la izquierda por Lope de Vega; veía un remolque abandonado, el restaurante chino Suzhou, gente que le pareció oscura, peligrosa, feroz, hombres y mujeres turbios, mal vestidos, hechos de lo mismo que el agua estancada de la novela de Conrad, con aspecto de no saber dónde iban, de estar esperando que cayese algo para poder cogerlo. Los veía allí, en todas partes, en un bar de la calle del León, en el pasaje Doré, junto al mercado de Antón Martín, junto a la Filmoteca Española.

Se detuvo en un semáforo. Cerró los ojos. Volvió otra vez al día en que él y Fran Lowell estuvieron en aquel restaurante mexicano; volvió atrás lentamente, lo mismo que si fuera un tercer hombre, alguien que llegaba desde allí hasta el jueves pasado, que entraba en el Universal, iba hacia ellos, se sentaba a la mesa para escucharlos.

Mientras Fran le contaba la historia de Ray Valencia, se acordó otra vez, por alguna razón, de *El cartero siempre llama dos veces*, de la escena en que John Garfield intenta convencer al marido de Lana Turner para que ponga un nuevo letrero luminoso en su local. No estaba muy seguro de adónde le iba a llevar aquello, pero de todos modos fue por ese camino.

—Fran, ¿le importa si le hago una pregunta?

—¿Qué clase de pregunta?

—Es sobre la piscina de Santa Lucía. ¿Hace mucho que está cerrada?

—¿La piscina? Siempre lo estuvo. O al menos desde hace tiempo. Le voy a contar esa historia: cuando compré el hotel había tenido otros dos propietarios. El primero, un médico alemán que la gente dice que había estado en el ejército de Hitler, lo usaba en los años cincuenta como una especie de balneario, o algo por el estilo; ya sabe a qué me refiero: gente que venía por aquí a respirar el aire de las montañas, a tumbarse en una hamaca mirando el horizonte, a pasear bajo los árboles y al lado del río. Creo que una de las cosas que hacían era nadar en agua helada por las mañanas, y que para eso construyeron la piscina. Ésa es la mitad de la historia.

—¿Y el segundo dueño?

—El segundo lo convirtió en una basura. Uno de esos sitios para camioneros. Ya sabe.

—¿Y en cuanto a usted? ¿Qué es lo que le trajo desde Nueva York a un sitio tan apartado como Santa Lucía?

—Ésa es una buena pregunta: ¿qué es lo que lleva a la gente de un lado para otro? Cualquiera sabe... Me acuerdo de la primera vez que estuve aquí. Me pareció un lugar oscuro y frío. ¿Le cuento qué decía siempre mi padre? «Después de una guerra en un país sólo existen dos tipos de hombres: los que están asustados y los que están muertos». Pero aquí me tiene, puede que ni usted ni yo lográsemos entender por qué. ¿Sabe? La gente... —Lowell hizo un gesto que significaba que las cosas son inexplicables—. Una vez me hablaron de una mujer que había perdido a su hijo, un chaval de cuatro o cinco años, en un accidente de coche. Mucho después, su marido descubrió en el sótano de la casa un armario lleno de ropa para él: había ido comprándola poco a poco, durante todo aquel tiempo, abrigos y zapatos de tallas cada vez un poco mayores, lo mismo que si el chico hubiera seguido creciendo después de muerto. Imagínese: aquel montón de zapatos, puestos en fila, unos detrás de otros, haciéndose cada vez más grandes...

Andrés hubiese matado allí mismo a aquel hombre que se iba entero de todas las trampas que le ponía, que esquivaba uno por uno cada golpe que le lanzaba.

—¿No se le ha ocurrido que sería un buen negocio volver a abrirlas? —dijo.

—Volver a abrir qué cosa.

—Todo: la piscina, la pista de tenis. ¿No lo ha pensado? En verano sería al aire libre y en invierno cubierta. Imagínese un letrero eléctrico iluminado junto a la autopista, anunciándoles a los viajeros que podrían detenerse allí, nadar una o dos horas y luego tomar una buena comida.

—¿Y qué es lo que yo iba a...?

—Su hotel está vacío, Fran. Todo ese asunto de los autobuses lo convierte en un negocio barato, sin clase... Si fuera yo el que... Perdone, creo que haría mejor ocupándome de mis propios asuntos.

Lowell le observó profundamente. Unai y Andrés pensaron que podría negársele cualquier cosa a aquel tipo, excepto que tenía una mirada capaz de deshacer una tableta de mantequilla.

—No, no. Lo que dice es cierto. Los autocares... toda esa gente. Déjeme que vea. Quién sabe, tal vez lo hagamos.

«Otra carretera que no va a dar a ninguna parte», pensó él. Y después: «Sara no te quiere. No podría querer a un tipo como tú».

Ahora, cuatro días más tarde, la Ducati avanzaba por la calle Atocha y él se acordaba de su conversación con Fran Lowell, dejaba atrás tiendas de animales con acuarios, pájaros, jaulas; un cartel que ponía Asociación General de los Empleados y Obreros de los Ferrocarriles de España; recordaba que un poco más allá estaba el Conservatorio, la escalinata de la calle Santa Isabel, el Centro Reina Sofía.

Y luego volvía otra vez al Universal, a aquel jueves en que, definitivamente, estaba seguro de haber descubierto que Fran Lowell era un asesino.

Habían estado hablando del empleo, de lo que a Andrés le parecía el trabajo. Pero en cuanto tuvo ocasión, fue otra vez hacia algún tema que le interesara.

—Me gustaría darle las gracias de nuevo —dijo— por dejar que use la moto de Davor.

—No tiene por qué. Si va a quedarse con nosotros, necesitará alguna forma de bajar a Santa Lucía. ¿Usted no tiene coche, Andrés?

—No. Lo he tenido antes —mintió—, pero no en estos momentos...

—Bueno, ahora puede contar con esa vieja Ducati. Y mientras esté aquí, será suya.

—Pero... ¿no va a volver por ella aquel chico, Davor?

Lowell tomó su último mezcal. Al seguir hablando, su voz era más grave, más oscura. Una voz que parecía estar a punto de saltar sobre algo, igual que el oso del Gran Casino.

—No lo creo —dijo—. No hay nada aquí que le esté esperando.

Y en ese momento, él adivinó que Lowell tenía razón. «Davor —se dijo— no va a volver a Santa Lucía ni a ninguna otra parte, porque tú le has matado».

20

Entró en la ronda de Atocha preguntándose cuál de los dos, Fran Lowell o Toni Montevideo, había matado a Davor. A derecha e izquierda, la calle de Unai le daba la impresión de ser la misma de siempre, de ser un lugar del que era imposible escaparse, al que no pertenecía de esa manera en que siempre pertenecemos a todas las cosas que hemos perdido, sino de un modo físico, absoluto, igual que si volver a aquel sitio lleno de zonas conocidas y nombres familiares le convirtiera otra vez, inmediatamente, en la misma persona que se había marchado. Ahí estaban el letrero luminoso de la casa Philips, el concesionario Peugeot, una tienda de repuestos que se llama Liceranzu y Cía. Ltda., el taller mecánico Rover.

Miraba aquello desde un hombre en el que ya no estaba, como si la cazadora roja, el casco Cromwell de aluminio, los guantes Harley Davidson, como si todo eso estuviera vacío. Las cosas daban vueltas en su interior: Sara, el bar Plaza Roja, la estación de autobuses, Fran Lowell, un oso y un carnicero, el chico con un chándal Adidas, la habitación de la torre, la mujer que jugaba a una máquina, Santa Lucía, Davor...

Aparcó la Ducati enfrente de su apartamento y entró. Era extraño ver a aquellos dos hombres subir las escaleras, Unai y Andrés, muy despacio, mientras uno sacaba una llave y el otro andaba por el pasillo con cautela, con pasos silenciosos de cazador, de espía, lo mismo que si fuese alguien que iba a su casa a matarle.

Todo estaba en orden, parado en el punto en que lo dejó diez días antes: el pequeño recibidor y, de frente, la cocina, el fregadero debajo de la ventana, un horno, el frigorífico, botellas de leche Clesa, latas de té Twinings, mostaza Percival Duffin's, paquetes de cereales Kellogg's, cajas de Starlux; a la derecha, el salón: a un lado del sofá azul un teléfono y al otro una estantería con libros de Jim Thompson, de Agatha Christie, de Vázquez Montalbán, de Chester Himes; delante del sofá, una mesa redonda con el periódico del viernes y un par de revistas, una bolsa de galletas Lu y una Pepsi. Y enfrente, un mueble-bar, cintas de vídeo, el televisor que durante todo ese tiempo había estado en marcha, donde él miraba noche tras noche películas de detectives, concursos, programas sobre desaparecidos, sobre gente como él que un día acababa con todo, que se iba cerrando todas las puertas, que empezaba a correr hasta que se dejaba atrás a sí misma, hasta que veinte años más tarde aparecían en la televisión una mujer abandonada, un hijo al que nunca conoció, su madre, un hermano, le daban noticias —nuestro padre ha muerto, Isabel trabaja en un supermercado, en la casa de Cádiz hubo una explosión— y ofrecían detalles, descripciones, pistas, hasta que alguien llamaba, alguien que vio al fugitivo en una calle de Bilbao, en un tren cerca de Málaga, en una gasolinera de Barcelona; hasta que llegaba la voz de un extraño diciendo: todas las noches entra en ese bar, ahora es rubia, ya no se llama Luis, vive con otra mujer, cerca de un bosque.

Entraron en su habitación. A la derecha estaban la cama, una manta roja, otro teléfono, un radio-despertador. Unai se tumbó, Andrés se quedó dormido sobre la manta roja, soñando con Sara: estaban en la mañana de la tormenta, pero en lugar de quedarse dentro del coche mirando cómo se iba, él la llamaba y después conducían hasta las afueras, con la vieja furgoneta Citroën, hasta un lugar junto al río, al lado de los árboles, y Sara le dejaba besar sus labios pintados de rosa, quitarle lentamente la camiseta verde, bajar la cremallera de su falda y desabrocharle el sostén y tocar aquellos pechos redondos y duros, mojados por la lluvia.

Una media hora más tarde, Andrés ya estaba otra vez despierto. Volvieron al salón. Unai empezó a leer el periódico del viernes. Había una noticia sobre tres traficantes de armas españoles detenidos en Angola, otra sobre un incendio en un cine de Nueva Delhi, un anuncio de coches que decía: «La mejor forma de predecir el futuro es inventarlo». Los jemeres rojos habían detenido a Pol Pot en una selva de Camboya. Un hombre llamado John Truss sacaba a la venta, por dos millones de libras, la motocicleta Brough Superior con que Lawrence de Arabia se mató en 1935. A otro hombre, un coleccionista llamado Anthony Pugliese, que era el dueño de la pistola con que Jack Ruby mató a Lee Harvey Oswald en una comisaría de Dallas en 1963, le acababan de robar un Aston Martin DB-5 que salía en una película de James Bond.

También estaba la sentencia de muerte de Thimoty McVeigh, el asesino de Oklahoma, y los datos de su atentado: ciento sesenta y ocho muertos, más de quinientos heridos. McVeigh, un ultraderechista de veintiséis años, condecorado en la Guerra del Golfo, había puesto la bomba en aquel edificio para vengar el asalto del FBI a la secta de Waco. Su abogado, Stephen Jones, no discutió el jueves la culpabilidad de su cliente, pero aseguró que si se le ejecutaba nunca se sabría la verdad, que todo el asunto quedaría para siempre a oscuras. «Los hombres muertos no cuentan historias», dijo.

Andrés pensó en el gas de la cocina de la habitación de la torre. Luego, empezó a leer *Nunca le des la mano a un pistolero zurdo* y en algo más de tres horas conoció la historia de Israel y Sara, el misterio de aquel muchacho desaparecido, los trabajos extraños que hacían él y un tipo llamado Gaizka, la escena en que ella le deja que la vea desnuda, hace caer su ropa y cierra los ojos y casi puede sentir la mirada de Israel, imaginar en qué parte está cada vez.

Salieron de la casa. Todo les parecía extraño. Todo les parecía demasiado grande como para encontrar un sitio donde ir. Unai pensó otra vez en su apartamento, en cómo estaba lleno de televisores, muebles, neveras, pero al mismo tiempo aún estaba vacío.

—Todas esas cosas —pensó Unai—, todas esas cosas que son mías.

—No. No son tuyas —contestó Andrés—. Te equivocas. Es justo al contrario: ellas son tú.

Andrés pensaba en Sara. Se quedó parado en medio de la calle, mirando los coches, el taller Rover, el letrero de Liceranzu y Cía. Ltda.

Arrancó la Ducati. Si el que había matado a Davor era Toni Montevideo, ése era su segundo crimen. Era capaz de imaginar la historia: Sara enamorada de Davor, de aquel chico yugoslavo que estudiaba literatura en la Universidad de Praga, que le hablaba de la casa de Bohumil Hrabal junto al río, del café al que Seifert iba todas las tardes, de la mujer de Holan que pagaba con poemas suyos en las carnicerías. Era capaz de imaginarla entrando en el bosque, una noche de verano, dejando caer su ropa entre las sombras pacíficas de los árboles, poco a poco, primero la camiseta, después la falda, luego el sujetador, igual que había hecho con Israel.

Unai paró el motor. Quizá debería quedarse allí para siempre, olvidar Santa Lucía. En realidad no iba a tener problemas para volver a su trabajo: se había marchado hacía diez días, pero cuatro fueron sábados y domingos; la ley le daba derecho a dos días más de baja por enfermedad; de manera que debería explicar qué pasó con el miércoles, el jueves y el viernes. Pero no iba a tener problemas si regresaba en ese instante, si inventaba alguna disculpa que pudieran creerse: demasiadas pruebas en el hospital, una depresión, la muerte de uno de sus hermanos, su familia destrozada, el viaje a San Sebastián...

Andrés arrancó otra vez la moto. Condujo hasta la plaza de la Independencia y luego bajó por una calle estrecha que conocía bien: a un lado estaba la Embajada de Francia, al otro la librería Hiperión. En aquella librería trabajaba Izascun, una mujer con la que hacía dos años Unai estuvo a punto de casarse. Se quedó allí esperando hasta que fueran las cinco, sentado en la Ducati, escondido detrás de la cazadora roja, el casco Cromwell, los guantes Harley Davidson. Se preguntaba cómo habría sido su vida si Izascun no lo hubiera dejado.

A las cinco y media la vio llegar por la acera, avanzar hacia donde él estaba. Seguía siendo muy bonita, morena, con los labios pintados de color escarlata, las manos pequeñas y el cuello largo, la espalda firme, como de nadadora o atleta. Empezó a seguirla. Izascun cogió un autobús de la EMT y ellos fueron detrás de ella con la Ducati; cruzaron el paseo de la Castellana, la Gran Vía, el barrio de Argüelles. Allí, la mujer cambió a otro autobús, del uno al ochenta y dos, y fue por la Ciudad Universitaria hasta Puerta de Hierro. La vio bajarse cerca de un hospital, entrar en un bloque de pisos con un jardín, un garaje, una piscina.

—La mujer que no supe conservar —se dijo—. La casa en donde ahora mismo yo podría haber estado esperándola.

Unai se quedó allí un buen rato, pensando si un hombre es la suma de todo lo que tiene o de todo lo que ha dejado escapar.

—Y lo mismo tú. Eso es lo que somos los dos —dijo—. Ceros a la izquierda. Gente a la que nadie espera. Ésa es la cuestión. Nosotros dos y qué más.

—¿Dos qué? —preguntó Andrés.

Y Unai le contestó:

—Nada. Dos veces nada.

21

Llegó a Santa Lucía por la noche, a eso de las nueve. Subió a su cuarto sobre el cobertizo y se puso a ver las películas de John Cassavetes, primero *Noche de estreno* y luego *El asesinato del corredor de apuestas chino*. En el solar, los obreros habían levantado cuatro muros de ladrillos rojos.

Andrés creía que esa noche iba a matar a Fran Lowell. Preparó el plan otra vez, aseguró los cierres de la ventana, giró las llaves de la cocina de gas. Sin embargo, Lowell no fue a su habitación. Le pudo ver un par de veces en el jardín, acercarse al depósito de gas-oil o a los rosales, mirar hacia la montaña, hacia la carretera que llevaba a la casa abandonada. Pero eso fue todo.

A la una, Unai intentó leer algunos poemas de Vladimir Holan, pero Andrés cerró el libro, bajó de la torre y fue hacia el restaurante, dejando atrás el pozo, la pista de tenis vacía. Por algún motivo, Unai iba pensando en aquella moto de Lawrence de Arabia, la Brough Superior, en los números de la matrícula que vio en la fotografía del periódico, pintados sobre el guardabarros: CW 2275. Andrés subió las escaleras del porche y entró en el comedor. Era un lugar extraño visto de aquel modo, en silencio, cerrado, con las luces apagadas y sillas encima de las mesas. Se acercó a la puerta que había detrás de la barra, la que llevaba a la parte de arriba, a la casa de Fran Lowell y Sara. Había una escalera. Los peldaños eran rojos.

Los dos pensaron en *La línea de sombra*, en *El sótano*, en *Al otro lado del río y entre los árboles;* pensaron que, de una u otra forma, todos aquellos libros hablaban de esa escalera. Andrés se descalzó y empezó a subir, pero Unai se dio la vuelta y volvió hacia el bar. Todo le daba una sensación rara, de encontrarse a una gran distancia de allí, lo mismo que si en realidad ya hubiese vuelto a su casa y estuviera en su apartamento, al lado de su frigorífico Balay, de su equipo de música Onkyo, viendo en la televisión uno de esos programas sobre gente desaparecida o un vídeo; sentía eso mientras todo le extrañaba: el papel de la pared con flores azules, las luces apagadas, el frío de las baldosas que parecía extenderse por su piel como un gas, como un líquido.

Unai se acercó a una de las vitrinas, vio lo que Lowell había puesto allí, las cosas que se llevaban los viajeros de los autobuses: barajas de cartas, transistores, cintas de Ray Heredia, de Marifé de Triana, de Camarón de la Isla. Luego volvió hacia atrás, estuvo un buen rato mirando la fotografía de Toni Montevideo, pero lo único que veía en aquel boxeador era todo lo que Andrés había inventado: el rostro de un hombre que algunos años más tarde iba a ser un asesino, que iba a matar a Fran Lowell, a su propio hermano, en un muelle de Nueva York, al lado de una grúa amarilla, de una motocicleta Triumph aparcada junto a unos barriles, de un almacén con un letrero que ponía Auden, Williams & Co.

En cuanto a Andrés, se acordaba de la forma en que vieron a Lowell en el jardín, parado junto al depósito de gas-oil, mirando hacia la carretera del bosque, hacia la casa de la montaña en donde —estaba seguro— había enterrado a Davor, el chico del que se enamoró Sara porque sabía que la casa de Bohumil Hrabal estaba junto a un río, que el café donde iba Seifert era el Slávie, que la mujer de Holan pagaba con poemas suyos en las carnicerías. Eso es lo que había hecho Lowell —pensó—, asesinar al chico y ocultarlo en algún lugar de aquella casa abandonada.

Al otro lado del mostrador, abrieron una trampilla que iba a dar a la bodega. Abajo, había botellas, cajas, bidones de cerveza. Andrés entró en la cámara frigorífica, fue hasta donde estaban las barras de hielo, cogió el martillo que Fran Lowell utilizaba para partirlas. Después, volvió a la parte de arriba. Fue subiendo los escalones rojos, lentamente, con el martillo en la mano, pensando en Sara, en lo que le había dicho: mientras corres dejas atrás cosas que no van a volver a ser tuyas, lo contrario de la buena suerte es el miedo; pensando en sacarla de allí, de aquel sitio en el que ya no quería estar, en el que sólo había ido a esconderse. Llegó al final de la escalera. El suelo tenía puesta una alfombra naranja. Al final del pasillo, en una de las habitaciones, había una luz encendida.

22

A veces pienso que Unai viene hacia aquí, imagino que tarde o temprano acabará encontrándome. A veces aún puedo recordarlo, ver el aspecto que tenía a la mañana siguiente, los ojos turbios con que miraba los edificios junto a la autopista, los talleres, las fábricas, mientras volvía a Madrid: estaba en un autobús, un Alsa pintado de blanco, a unos cien kilómetros de Santa Lucía, sentado cerca del conductor, recordando todo lo que había pasado la noche antes en el hotel: Andrés fue hacia aquella luz, hacia la habitación del final del corredor, descalzo, con el martillo en la mano. Unai le vio andar entre sombras por la casa, ir hacia aquel cuarto encendido para matar a Fran Lowell, para salvar a Sara.

La puerta estaba un poco abierta, apenas un par de centímetros.

Dentro del cuarto no se oía nada.

Iba a entrar. Iba a sacarla de aquel infierno.

Agarró el martillo aún con más fuerza.

Y entonces es cuando lo vio: Fran Lowell tenía los ojos abiertos y estaba boca arriba, en el centro de la cama, en una postura difícil, incongruente, hundido en aquella oscuridad como una estatua rota en el fondo de un pantano, con los brazos en cruz, las manos abiertas sobre las sábanas, lo mismo —pensó— que si acabase de dejar escapar algo que hasta hace poco tuvo allí y el cuello en tensión, muy estirado, parecido al de un hombre que colgase de una horca, en mitad de un bosque, bajo la lluvia, moviéndose despacio, a merced del viento.

Sara estaba encima, desnuda, con la cabeza echada hacia atrás; se movía sobre él y decía, en voz muy baja:

—Amor mío, mi amor, te quiero tanto, tanto, tanto, mi vida, tanto, tanto, tanto, tanto, tanto.

Bajaron las escaleras oyendo esas palabras en su interior, una y otra vez, notándose acosados por ellas igual que un par de prófugos seguidos por los perros. A Unai le dio una sensación de mareo, parecida a la de aquella mañana en la estación de autobuses, cuando acababa de leer la noticia del crimen en el bar Plaza Roja. Mientras salía del restaurante, mientras cruzaba el jardín y podía notar el olor a sangre de las rosas y entraba en su habitación de la torre y se desplomaba sobre el sillón y se quedaba mirando el bosque, la pista de tenis, el surtidor de gas-oil, el pozo, la piscina, era como si alguien fuese apagando las luces, como si fuera corriendo por una ciudad, una hora detrás de otra, un día detrás de otro, dejando atrás las calles iluminadas, los comercios, los escaparates, las casas, hasta llegar a las afueras, al campo, corriendo sin parar, corriendo por un sitio cada vez más vacío. Unai ni siquiera estaba seguro de si el otro aún estaba ahí, pero a pesar de todo no dejaba de decirle:

—Mentira, mentira, mentira. Todo lo que dijiste no era más que un montón de mentiras.

Y a la mañana siguiente iban en ese autobús, el Alsa pintado de blanco, sentados cerca del conductor, pensando por algún motivo en la casa del solar de Santa Lucía, construyéndola pieza a pieza en su imaginación: primero un muro, las ventanas; más adelante unas escaleras, un porche, la chimenea, un balcón; llenándola con los mismos muebles de la casa abandonada en la montaña: una biblioteca, una lámpara azul, armarios pintados de rosa en la cocina... Después terminaron *El árbol de la ciencia,* pudieron ver a Andrés muerto en la última página: estaba solo, a oscuras, muy pálido, tendido en la cama, con los labios blancos; sobre la mesilla de noche se veía una copa y un frasco de veneno. Al dejar la novela, Unai tocó la piel verde del asiento y se miró la palma de la mano y sintió un escalofrío. Y luego, de pronto, Andrés se volvió hacia aquí, lo mismo que había hecho aquella otra vez, y dijo:

—Lo has hecho tú. Tú escribiste esa escena. Hijo de puta. Lo has hecho tú, para salvarle la vida. Tú me has quitado a Sara. La seguiste hasta Santa Lucía y ahora la has condenado a quedarse allí para siempre.

Unai, Andrés. Mientras vienen hacia aquí los dos se acordarán de lo que vieron aquella noche en la casa de Fran Lowell y también de la conversación con el conductor del autobús que los traía a Madrid, de lo que había dicho al mismo tiempo que avanzaban por la autopista, que iban dejando atrás ciudades y puentes, cementerios de coches y bares de carretera. Al principio no les pareció importante. El hombre hablaba del hotel Santa Lucía, de cómo paraba allí cuando iba a La Coruña, tomaba algo en el bar, ponía gas-oil en el surtidor de Lowell, lavaba los parabrisas del Alsa echándole un par de cubos de agua que sacaba del pozo.

—Bueno —dijo—, eso fue hasta que lo cerraron. Luego tuvimos que empezar a ir dentro por un par de botellas, cuando el Americano quitó los cubos. Supongo que si usted ha trabajado ahí sabrá la historia. Parece que el pozo se secó o..., no sé..., que el agua se puso mala, estaba contaminada o algo así. De lo que me acuerdo es de la época en qué pasó: justo nada más irse de allí aquel chico, Davor. Entonces es cuando Lowell quitó los cubos y nos dijo que no podríamos usar nunca más el pozo.

23

El próximo verano iba a estar trabajando en la ciudad. Y lo cierto es que no le importaba. Se dijo que en septiembre tal vez pasaría una o dos semanas en San Sebastián. Puede que de vez en cuando llevara a su madre a uno de esos restaurantes que hay cerca de la playa; o que algunas noches bajase a los bares del muelle con sus hermanos, Kepa y Asier.

Aquella mañana, mientras se preparaba para ir al banco, mientras bebía una taza de Nesquik frío, de pie, junto a la cama, escuchando el motor de la nevera vacía, los coches que cruzaban lentamente la calle oscura, la voz metálica de un hombre que hablaba en el radio-despertador, Unai pensaba en todo eso, iba de un lado a otro sin dejar de hacer planes, probablemente buscando algún modo de decirse que la única forma de avanzar es conseguir que aquello de lo que escapas y aquello que persigues sean dos cosas distintas.

Miró por la ventana, vio el taller Rover, el anuncio luminoso de Philips, la tienda de repuestos con un letrero que ponía Liceranzu y Cía. Ltda, el concesionario Peugeot.

Algunas ventanas aún estaban encendidas.

La luz era del color de un cuchillo.

Una mujer llevaba un impermeable naranja.

Era lunes. Habían pasado tres días desde que regresó y todo estaba ya muy lejos de él: Fran Lowell, Sara, la pista de tenis, el hotel Santa Lucía, Davor... Unai empezaba a pensar en ello como en algo que sabía pero que no era suyo, lo mismo que si fuesen los recuerdos de otro, una historia que le hubieran contado.

Miró el reloj: las siete. Aún le daba tiempo de entrar en el bar de la estación de autobuses, sentarse allí a leer el periódico, como cada mañana, antes de ir al banco; de observar los autocares que llegaban al aparcamiento, que se acercaban despacio hasta las dársenas.

Se puso el abrigo y salió.

Y durante unos segundos, mientras se alejaba por el pasillo, mientras bajaba la escalera, sus pasos se escucharon dentro de la casa vacía, se oyeron en la cocina, en el salón, cada vez mas débiles, más lejos, hasta que al final todas aquellas cosas se fueron quedando solas: la aspiradora Nilfisk, el frigorífico Balay, la cadena de música Onkio, los dos sillones azules.

Todas aquellas cosas que a Unai tanto le importaban. Los libros los había dejado en la habitación, encima de la cama, sobre la manta roja: *El sótano*, *Últimas tardes con Teresa*, *La línea de sombra*... En el cuarto también seguían el teléfono, el cassette Telefunken, el radio-despertador. A la derecha, cerca de la ventana, estaba el armario. Y allí es donde lo había puesto, junto a la ropa de Unai, oculto en uno de los cajones. En ese armario era donde Andrés había escondido el martillo.

En lo profundo de un bosque
dos hombres que venían de lejos se encontraron.
Al estar muy cerca el uno del otro
ya no formaban más que uno
y éste volvió solo a la ciudad.

PIERRE REVERDY

Este libro se terminó
de imprimir en
Casarrubuelos, Madrid,
en el mes de
septiembre de 2025

«Para viajar lejos no hay mejor nave que un libro».

EMILY DICKINSON

Gracias por tu lectura de este libro.

En **penguinlibros.club** encontrarás las mejores
recomendaciones de lectura.

Únete a nuestra comunidad y viaja con nosotros.

penguinlibros.club

Penguin
Random House
Grupo Editorial

 penguinlibros